記憶。洄游。

泰雅在呼喚 1935

Masao Aki 馬紹・阿紀／文

詹雁子／圖

晨星出版

〔開場序文〕

終於，
我循著故事情節來到羅葉尾溪，
沁涼的山風迎面輕拂。
清澈的溪水裡，
櫻花鉤吻鮭如精靈般自在悠游，
當我專注欣賞著牠們水中群舞的同時，
那跨越 80 年的情感洄游也一幕幕展開⋯⋯

——野呂 尤命

詩意的歷史洄游

監察院副院長　**孫大川 Paelabang danapan**

　　Masao Aki 在追念楊南郡先生的臉書上提到，因著楊老師合歡越嶺古道的踏查，為他的七家灣溪記憶洄游提供了一盞明燈。我想，如果楊先生依然在世，一定非常歡喜看到 Masao 的這一部作品，甚至為它寫序。

　　二十五年前，當我和楊老師認識之初，我們就熱烈的討論原住民歷史和文學創作聯結的問題。楊老師堅決的主張，歷史應該用文學形式來賦與血肉，他本身就是這種主張的實踐者。長久以來，楊老師在師母徐如林女士的陪伴合作下，經過勤奮、嚴格的文獻爬梳和田野現場的踏查之後，他們一定將其轉化成文學的創作，在受史料節制的情況下，發揮感同身受的想像力，嘗試進入事件與人物的時空現場，捕捉當下情感、意志、思想的生命決斷，參與並活出歷史。楊老師多次表示，好的歷史書寫必定是好的文學作品。我想他關心

的並不是歷史與文學的學術分際，更不是寫作文類的問題，而是對歷史本質的反省與理解。

當原住民脫離人類學家的田野報告，開始以第一人稱主體的身分說話的時候，即是原住民文學啟動的開端。早期的書寫，時間、空間的框架是混沌的。這當中有兩種策略。第一種比較是虛擬的小說書寫，排灣族谷灣 · 打鹿勒、泰雅族游霸士 · 撓給赫的作品，無論是《域外夢痕》、《旋風酋長》或《天狗部落之歌》、《赤裸山脈》，作者關心的是故事情節的敘述本身，史實的內容不是其主要的著眼點。第二種是帶著神話傳說的色彩，藉由生命禮俗或歲時祭儀的鋪陳，來講述部落或族人的文化宇宙觀。蘭嶼夏曼 · 藍波安的《黑色的翅膀》、魯凱族奧威尼 · 卡勒盛的《野百合之歌》或布農族霍斯陸曼 · 伐伐的《玉山魂》，皆屬於這一類的作品。然而，無論是前者或後者，其時間、空間的作用是模糊的，只能作為一種籠統的敘事輪廓，這當然無法滿足原住民對建構歷史意識的渴望。

隨著日治時期文獻的消化，以及部落耆老口述資料的積累，2000 年之後陸續有巴代以大巴六九部落和卑南族為中心的系列歷史小說創作，包括人物傳記《走過》，這些作品有明確的空間、時間標定，事件的推移，也依循相對嚴謹的時空秩序；它們所引發的共鳴，不單只是文學或文化的趣味，更是一種歷史感的充填，彷彿過往迷霧中的族群記憶，有了

具體、真實的時空定位。這正是楊南郡先生終身志業的總目標！

　　我大概是從這個角度來理解 Masao Aki《記憶洄游──泰雅在呼喚 1935》這部大作的意義。不同於巴代的是，Masao 更扣緊「家族」的主題，用四代的時間跨度，敘述家族成員傳奇式的遭遇。Masao 的姐姐 Rimuy Aki，曾經在她的長篇小說《山櫻花的故鄉》裡處理過同樣的主題；不過，Masao 顯然有更強烈的歷史衝動。他從一支 parker51 型鋼筆和櫻花鉤吻鮭的研究，引出大島正滿父子與北海道大學；並回溯 1913 年為遂行佐久間左馬太總督討伐太魯閣族的政策，一組探險隊在合歡山古道發生嚴重山難的往事。探險隊隊長 Noro 不但和大島正滿共事過，他受傷後留在霧社療傷，卻又牽引出一段和泰雅少女 Mewas 的戀情。Mewas 未婚生下的兒子 Nowa，因而被自己謎樣的身世操弄。所幸他深受泰雅文化教養的滋潤，終究可以維繫家族四代的繁衍與文化傳遞。

　　Masao 厲害的地方在於他對故事發生的地理和歷史，有非常充分的掌握，因而小說不同主線的空間移動和時間序列，交織安排的天衣無縫，既自然又令人驚喜。故事穿插打獵、種植、結婚等等文化及生活情節，大都細膩深刻，

顯示作者的確投入了極大的心血。故事的結局很詩意，Masao似乎對歷史真相並沒有太大的興趣。理解之後，是非對錯都變成了生命的過程，無論如何計算追討，根本無法改變已成過去的歷史。結語引用大島正滿的父親大島正健彌留之際說的話：「讚美祂！」（詩篇150首）正是反過身來去擁抱生命本身，無論它是多麼殘缺、涕泣、憂患或病苦……。歷史透過文學獲致個人、家族和民族的救贖。

「以文寫史」的道路還很寬、很遠，我們期待有更多年輕的寫手加入這個行列。Masao往前走了一步，楊南郡先生披荊斬棘在高山深谷開闢的路，需要我們用文學澆灌出一路的花朵。

2016 年 10 月 25 日

也輕也重，似遠又近

中華民國台灣原住民族文化發展會理事長　巴代

　　「洄游」是記憶的一種形式或狀態，這樣的洄游不必然是周期，也許僅只是一個不經意的觸發，既不意義又久久不散；可以是個規律，一如鮭魚的洄游宿命，總是依時序出現，既悄悄又張揚，不論你喜不喜歡。閱讀長篇小說《記憶洄游──泰雅在呼喚1935》，我似乎也有著某種洄游不止的記憶，令我稱奇。

　　第一次聽到「櫻花鉤吻鮭」的這個詞，是1999年時任公共電視《原住民新聞雜誌》節目主播的馬紹‧阿紀的第一本書《泰雅人的七家灣溪》的一篇文章。在作家輕靈又質地純淨的文字描述帶引下，「櫻花鉤吻鮭」成了我想像裡，一條美麗、具神祕色彩與帶有些悲悵記憶的魚兒。歷經許多年，卻從未與我真實的遇見，以至於「櫻花鉤吻鮭」僅僅是我的閱讀經驗，除了更多的想像與「我知道這玩意兒」的莫名得

意，自然也免不了存在著淡淡的遺憾。

在與鮭魚存在於山澗野溪記憶有關的部落，Pyanan「比亞南」對我而言是一個特別的記憶。2002年我最熱中爬梳關於我的部落的文獻史料時，「比亞南」曾經短暫進入我的視線，十幾年來占據我記憶的某一小塊久久不忘。那是《理蕃誌稿》裡的一段牽涉到巫師記錄，記錄當時「比亞南」部落發生了一個家族因為流行感冒病死了不少人，因而遷怒而殺害部落的巫師家庭，讓我記憶深刻。有趣的是，「比亞南」、「志佳陽」與「霧社」等等我日後愈加熟悉的泰雅族部落，在作家的故事裡，連同日本北海道與台北，都成了故事發展的場域，攪動我對這些地方的歷史、人文的熟悉與想像。

馬紹非常勇敢與自信的，以1913年日本觀測隊探險合歡山的山難事件，以及1935年大島正滿在「比亞南」與七家灣溪實際調查櫻花鉤吻鮭，並完成〈泰雅在招手〉的調查紀行為背景，以小說形式，設計不同的人物與相關情節，穿越與連結現代情境，呈演當代歷史背景的部落容顏。於是，那些部落先民與現代族人生活境遇有了連結與對比，那些隱約的情韻流動，調性始終一致，令人既親切又唏噓。

我認為這是處理具有大量歷史素材的長篇小說所必須面臨的挑戰。歷史素材的生冷與必然的沉重，稍稍不慎就有可能讓小說成為史料的堆砌與乏味的叨叨講述；而過度的虛構以求張力，又容易稀釋了作者想傳達的歷史觀。然而，小說

形式的文學創作，沒有必須對歷史負責的義務，馬紹對歷史
事件的調度與借用，有無其他的企圖與期望？我認為有的，
因為我從聽聞他想寫一個長篇小說開始，我關注到他不斷蒐
集大量的史料，並且花了不少的時間走訪踏查這本小說，或
者史料所提起的地點，或蹲點一段時日，或不斷移動訪查這
部作品有關的人物。他的企圖恐怕不僅僅只是寫一本具歷史
況味的小說，也許他想重建一個區域在某段歷史的情境，也
或許他想以小說形式，致敬當年日本的人類學者與翻譯他們
著作的重要譯者——楊南郡先生。

　　不論馬紹的意圖為何，我得承認，作為寫小說的同好，
我還是習慣享受、捕捉小說創作所營造的氛圍與意圖，喜歡
想像《泰雅人的七家灣溪》與這一本《記憶洄游——泰雅在
呼喚1935》之間的連動。不過，那些史料呈現的凝重與連帶
的想像，不免讓我正襟危坐；而穿越古今的人物設計與互動，
卻讓我無比的輕鬆與投入，攪動我對這些區域的真實接觸記
憶與想像。就像那溫泉池裡，水紋與激情的一陣一陣回波，
既浪漫呻吟又沉重不語，也輕也重，似遠又近。

2016年10月4日於岡山

「文學馬紹」的洄游

原住民小說家　里慕伊・阿紀

　　「你的小說寫得怎樣了？」自從知道馬紹要寫小說開始，我總是非常關心忙碌的馬紹到底有沒有認真進行他的寫作計畫。畢竟，在 1999 年底出版的第一本散文創作《泰雅人的七家灣溪》（晨星出版）後，我也算是他的粉絲讀者。我常常跟朋友說馬紹很會寫文章，甚至寫得比我還要好（這是我媽媽說的），可惜後來在電視媒體的工作占據了他絕大多數的時間（和腦袋）。馬紹擔任記者、主播，直到電視台的台長，將近二十年的時間「馬紹・阿紀」在大家的印象中完全是一位電視媒體人，很少人記得他曾經「也」是一位作家。暌違十八年，在卸下原住民族電視台台長職務之後，他轉換跑道在世新大學數媒系擔任教職，終於有時間（和腦袋）書寫他的第二本書《記憶洄游──泰雅在呼喚 1935》並且即將出版，這次他寫長篇小說，身為姊姊和粉絲讀者的我非常開心，真

是恭喜馬紹。

「大島正滿闔上了parker "51" 紀念鋼筆的筆蓋，他想起父親大島正健彌留之際說的最後一句話：『讚美祂』。」

「呼……」我長長的呼了一口氣，闔上這本「電影」，耳邊彷彿聽見山上飄下孩子清亮的歌聲「lokah ta kwara Tayal, lokah ta kwara laqi……」（泰雅族人，要堅強！泰雅的孩子，要努力……），似乎也看見了泰雅族孩子們正雙手捧著櫻花鉤吻鮭魚苗，小心翼翼的放進保育國寶魚的羅葉尾溪流中。

馬紹挾多年國內外採訪所累積的人事物見聞體驗，以及在媒體工作的專業技巧，終於又循著《記憶洄游——泰雅在呼喚1935》洄游到了他的「文學七家灣溪」寫就他人生中的第一部長篇小說。

閱讀《記憶洄游——泰雅在呼喚1935》就像在觀看電影一般，所有場景、人物歷歷在目，細緻的畫面感時而強烈寫實、時而悠遠浪漫，完全就是「電視人馬紹」的風格呈現。故事以1913年日本「強硬探險隊」隊長Noro先生在探險合歡山進行任務時遇暴風雪的一場意外中，與照顧他的泰雅小護士Mewas發展出的愛情故事為主軸。時間從1913年到2016年，場景橫跨台灣泰雅族深山部落與日本北海道二風谷。我在看泰雅族女孩Sayun受到北海道二風谷愛努民族博物館之邀，去到北海道發表她拍攝的有關保育台灣國寶魚櫻花鉤吻鮭的紀錄片，她在二風谷結識了愛努族女孩Linda，以及後來

Linda 來到台灣泰雅族部落的這個段落，我是邊讀邊笑著對號入座，把裡頭提到的人物一一對應在我知道的真人實事上，這是身為作者姊姊的小小福利。

當然，說到當「作者姊姊」的福利，還有一點，能在新書出版前，透過馬紹的筆電欣賞到畫家詹雁子特別為這本小說精心繪製的一系列美麗的插畫，這些融合了中國水墨及西洋水彩技法的畫作令我驚豔萬分。

我所知馬紹在書寫這部小說期間，除了閱讀大量的歷史文獻，也親身踏查書中所有提到的泰雅族部落，甚至飛到日本北海道二風谷去拜訪愛努族人，在忙碌的教職工作中，投入了許多的時間精力在田調採集上，這是同為文字創作者的我極為佩服之處。閱讀《記憶洄游——泰雅在呼喚1935》，身為泰雅族語言文化復振工作者，我除了幫馬紹把泰雅族文字拼音錯誤的部份修正過來，也不得不將眼光投射到泰雅族群近百年受到外來族群強勢介入，傳統文化如何漸漸崩解的過程，看到原因也看見了結果……書寫這篇序文的此時，我也正忙著密集訓練代表新北市參加泰雅族語朗讀全國賽的國小選手，想到聰穎活潑的小小泰雅孩子，閃爍著自信的眼神努力的練習標準的泰雅族語，朗讀著 "ke sinbilan na kinbkisan"（祖先留下來的話）。我忽然有股泫然欲泣的感動——ATayal！就像奮力洄游的櫻花鉤吻鮭一樣，充滿了強韌的生命力。

2016 年 10 月 20 日

初見，愛努與泰雅

愛努民族博物館館長　**野本正博**

　　1995 年，馬紹・阿紀先生，擔任公共電視台《原住民新聞雜誌》節目的攝影記者。他和同事丹耐夫正若先生和二宮一朗牧師一起來到日本。那是為了製作關於愛努民族的採訪紀錄節目。當時愛努民族正在面對要制定新的愛努政策。

　　因為本館已有跟台灣原住民族交流，我也協助他們，帶他們到北海道各地採訪。因為當時在台灣很少人了解愛努民族事宜，由馬紹先生攝影並與丹耐夫先生編輯的節目，在台灣成為第一部有關愛努民族之事務報導的節目。

　　從那時到現在的 20 多年，泰雅族人馬紹先生，一直為台灣原住民族活動及為台灣原住民族媒體的發展盡力。在 2016 年 3 月，規劃世新大學原住民族學生社團跟札幌大學愛努民族學生社團之交流事業，並獲得美好的成果。

　　早已被民眾注目的台灣原住民作家馬紹先生，這次描寫

泰雅族跟愛努民族的接觸，寫出了令人感動的小說。

　　我也期待，各位讀者能夠透過這一本小說，初步接觸與各位共生的日台原住民族人，並能更了解我們的心懷意念，並支持我們日台的原住民族。感謝各位。

2016 年 11 月

　　1995 年、マサオ・アキ氏は、公共電視の撮影記者として、同僚のディアナヴ・ジンロール氏と二宮一朗牧師と共に、訪日されました。新たなアイヌ政策の策定の最中に置かれた日本の先住民族アイヌ民族についての報道番組制作のためでした。当館はすでに台湾原住民族と交流を持っていたので、私が取材に協力し北海道各地を案内しました。当時、台湾においてアイヌ民族のことを理解している人は少なかったため、彼が撮影し、ディアナヴ氏と編集した番組は、台湾におけるアイヌ民族に関する最初の専門的な報道番組となりました。

　　あれから 20 年余り、ずっと台湾原住民族のために活躍してきたタイヤル族のマサオ氏は、台湾原住民族のメディア発展に尽力し、日本のアイヌ民族の状況にも続いて関心

を持って来られました。今年（2016年）3月には、世新大学の原住民族学生と札幌大学のアイヌ民族の学生たちとの交流事業を企画し、素晴らしい成果を上げました。

　かねてより、台湾原住民族の作家としても注目されているマサオ氏が、文学の世界で、タイヤル族とアイヌ民族とのコンタクトを表わすという、非常に興味深い小説を著されました。

　皆様におかれましても、共に生きる日台の先住民族の心に触れ、今まで以上に御理解と御支持をして下さいますよう、御期待致します。

2016年11月
アイヌ民族博物館館長　野本正博

我畫。我敘。記憶洄游。

詹雁子

　　這是一部關於來自台灣原民的宏觀視野，透過對於土地根性的抒寫，回憶的線索宛若一彎生命之河，流經歲月、群山、鱒魚、族人、跨國情誼……，透過逆流而上的生存意志與情感的浸潤，溯源億萬年遺傳基因，這不是單一的生存追源，獻給在地心以上呼吸的物種，留一份真摯的愛，一個可以流傳下去的信念……

　　來自一個喃喃自語的插畫者推薦序。

　　話此，為自己斟上一杯酒，放鬆一點頭腦，放鬆一點看世界。來吧！

　　從任務的第一天開始，就忐忑。心想用畫來詮釋小說的插圖，真是一件危險的事，因為將文學所賦予時間與空間的想像流動「凝結」在畫面上，一方面要降低對於文體的干擾性、又需要兼顧獨特的創造性，真是有難度……在這樣的設定下，

為了讓自己更親近主題更入戲，於是跪求作者馬紹‧阿紀帶我這個客家妹上山，直接丟包放入故事的原生背景——南山部落思源埡口，感知那洄游土地的紋理記憶，親自領受那來自泰雅部落純真善良的熱情原力。

開心的部落五天六夜，在馬紹表姊一家的照顧下，充分化開了緊繃的神經元，開始了田野調查——關鍵就在第一天喝了「早餐會報」的飲料「保力達B」之後，正式踏上「地氣」相接的旅程。走入雲霧繚繞的美麗南山，我的血液像是翻滾起前世記憶，那原是某世一隻彩蝶，短暫在泰雅族山林活過，以此靈魂轉介飛越小說部分的情節，凝視那些種族間各種面向的衝突與命運的切合，若說有輪迴遺世的記憶，千百年來角色也許是彼此互換交纏著，但在文化上重疊與再生演進的力量，成為一個連動的生命體積，也是小說隱隱訴說的一段腦內記憶。

所有愛恨情仇，難分難解的歷史印記，來到人生第一場零下五度的霜淞，溶解了糾結的枝節，也許透過世界原民的深層覺醒，與日本愛努族有一種共惜共生的情誼，產生新的連結，也帶著讀者一起走入櫻花鉤吻鮭復育成功的羅葉尾溪。在那急凍的空氣中，天空下結晶的松羅密布，充滿神祕仙靈密語的暗示，傳遞萬物皆有靈的體驗，那櫻花鉤吻鮭的小寶寶躲在急湍巨石下，是歷經無數天候與人為迫害堅毅的生存意識，象徵從地心延伸天空下，所有的生命力量，都需要被

尊重、被愛惜。

　　小說裡「阿BU」，是第一個吸引我的角色，是一隻三腳穿著白襪的黑狗，傳說中不討喜的軟弱詛咒，但是卻是忠誠天賦極高的狩獵高手，活躍在山林間，身手矯健、專注精準的獵捕動作，彷彿有著一貫樂天純真原民血統的特性。我喜歡「阿BU」，我欣賞世間反差帶來的正面力量，打破固著的制約習慣，單一性的答案往往不能支付這個世界的期待，而若只停在表相的認知，往往讓我們錯失更多的美好，所以請一起打開一個全新的感官閱讀，一段有文、有畫的記憶洄游，彷彿聽見我們彼此，聽見內心裡面那個「共同」純真的孩子在呼喚……。

紀念
Yubaw Konan

本書獲得
103 年國家文化藝術基金會文學創作補助
105 年原住民族文化事業基金會出版補助

本書版稅全數捐贈「中華民國台灣原住民族文化發展協會」
做為鼓勵原住民族青少年文學創作基金

CONTNETS

註：本書參考日治時期史料、泰雅族耆老口述歷史與記憶，
純屬文學創作。
故事如有雷同實屬巧合……

t'aring（序章）

　　1935年1月，Nowa（諾佤）決定返回Sqoyaw（志佳陽）過冬的前一週。

　　他帶著bu'（箭）前往平岩山東北方的南湖溪峽谷狩獵。這一帶的獵場，因為東邊靠近Turuku（太魯閣族）的陶塞群，東北邊又跨入了Pyanan（比亞南）的傳統獵區。一直以來，就是熊、水鹿、山羊群聚的黃金三角獵場。但是，Nowa從小一直聽養父Yukan（尤幹）說：

　　「有勝溪以北的獵場，一直到南湖大山是屬於Pyanan（比亞南／宜蘭）的傳統獵區，Sqoyaw（志佳陽／台中）的獵區是從有勝溪一路往南，到平岩山再往東邊切到中央尖山之間的南湖溪流域，你千萬不要越過界線，這是從以前到現在，我們泰雅族的祖先留下來的話。」

Nowa謹記養父Yukan的交代，在南湖溪和有勝溪源頭的溪谷紮營狩獵。有一天深夜，他遇到三位從Pyanan（比亞南）上山打獵的獵人。其中兩個是他的堂兄弟，另一個算是他的遠房表弟。他們四個人和一隻獵狗共同追捕一隻水鹿，最後在Pyanan和 Sqoyaw的獵區交界捕獲了這一隻水鹿。於是，Nowa比自己預定的時間提早三天回到Sqoyaw準備過冬。

NYux
SPI awa'
Atayal
1935

第 一 章
Sqoyaw 志佳陽

「Sayun（撒韻），妳的曾外祖父走了！外公說，這個週末要在Sqoyaw（志佳陽）的真耶穌教會為他舉行告別禮拜，妳可以向電視台請假回來嗎？」

「啊該～阿公走了？我是說，外公的爸爸——阿公Nowa（諾佤）走了？」剛剛剪完新聞宣傳影片的原住民族電視台記者Sayun接到媽媽從Sqoyaw（志佳陽）打來的電話。

她的曾外祖父Nowa Nokan（諾佤・諾幹）歷經過日本政府與中華民國政府治理的年代，整整活了100歲，可以說是Sqoyaw（志佳陽）部落近代史的活辭典。

她看著剛剛剪完的新聞宣傳影片已經上傳到新聞編輯系統裡，鬆了一口氣。「呼～媽媽，我等一下回電話給妳，妳知道這個週末是九合一選舉的投票日，電視台要從下午4點開始全程轉播開票結果，我可能會被派到屏東做連線報導……」

「我不管啦，妳的外公說，無論如何，全部的孫子、孫女、外孫都要到場。而且，妳的投票通知單也在這裡，妳一定要回來投票支持妳的Odang（歐宕）表舅，他這一次要出來競選台中市和平區的市議員代表……我是說，妳回來參加阿公Nowa的告別式啦，妳一定要回來，不然妳的外公一定會生氣。」

「媽媽，妳是不是有拿——pila（錢）？」

「啊該！Sayun妳不要亂講話，現在警察抓賄選抓得很緊喔！」

　　「2014年九合一選舉，原住民族電視台將從11月29日下午4點全程直播全國原住民選區開票結果，敬請鎖定16頻道，原住民族電視台。」

　　待編輯台抓進新聞直播現場的選舉新聞宣傳帶安全播出之後，Sayun拿起桌上的分機話筒，打電話給新聞部經理。

　　「經理，我的曾外祖父過世了。這個週末，我必須回台中的志佳陽參加他的告別式……」

　　「什麼？妳不能現在突然請假，妳知道現在新聞部的人力……」

　　「經理，我們都知道人力也不是現在的問題，我的問題是，如果我不能請假，那我就辭職，我是說真的喔！」

　　中華民國政治史上最大規模的地方選舉，一共要選出11,130名的公職人員，更有高達19,762位候選人登記參選。這一次的選舉結果一出爐，全國地方執政版圖就產生了巨幅的震盪。原本執政的中國國民黨遭遇有史以來最大的挫敗，由選前4都11縣市萎縮到1都5縣，在野的民主進步黨則由選前的2都4縣擴張為4都9縣市──在這當中，也包括Sayun居住的故鄉台中市（和平區）。

　　其實，Sayun一直想要提出辭呈回到故鄉，曾外祖父的過

世，正好給她一股勇氣，能夠重新檢視自己與泰雅族母體文化的關係。她在台灣大學念日語研究所，為的也是希望能夠從一些日治時期留下來的紀錄，研讀早期的原住民族文化歷史。

她在碩士班畢業之後，短暫在東京一家旅行社擔任國際領隊，主要負責帶中國大陸的觀光客到日本各地旅遊。兩年後，她回到台灣，在原住民族電視台擔任採訪記者。

「啊該！Sayun妳發什麼神經？我只是叫妳回來參加阿公Nowa的告別禮拜，我又沒有叫妳辭掉原民台的工作！妳回到山上來，要靠什麼吃飯？」Sayun的媽媽從Sqoywa（志佳陽）打電話來罵女兒。

「好啦、好啦，媽媽～不要再說了。我已經決定了啦，辭呈都已經送出去⋯⋯」

「什麼？Sayun？妳提出辭呈囉？」坐在隔壁的同事聽到她跟媽媽的對話嚇了一跳。

「Sayun？妳要去哪裡？別家電視台嗎？」

「什麼？妳要回山上？回山上要做什麼？」

當電視台的同事們知道Sayun決定離職回到山上，都覺得不可思議。而她自己宣稱回到山上最主要的原因，是想在Sqoyaw（志佳陽）把失落多年的傳統農作物——trakis（小米）重新種回來。

「可是，回到山上種小米就可以賺錢養活自己嗎？」這是大多數新世代原住民年輕人，包括電視台裡面大部分同事，面對選擇回到部落還是留在都市繼續打拚時的疑問。

　　「管他的，我先回去再說。反正回到山上絕對不會餓死，至少還有高麗菜和水蜜桃可以吃……哈哈哈……，如果我現在不回去，我一定再也沒有勇氣提出辭呈離開台北。」這是Sayun回答所有好奇者的標準答案。

　　但是在她心裡一直以來也藏著一個深深的疑惑。有一次，她到新北市的烏來，採訪高砂義勇隊紀念碑落成儀式的時候，心裡想著：「為什麼當年二次大戰時，日本警察到處向部落強制徵召『高砂義勇軍』到南洋作戰，唯獨他的曾外祖父Nowa Nokan沒有跟其他Sqoyaw的青年一起被抓去作戰？」

　　「當時，妳的曾外祖父因為一直在七家灣溪耕作啊，而且他都很少回到Sqoyaw，在那個時候，我和妳的姑婆都已經出生了，所以日本警察就沒有抓他去當兵。」Sayun的外公Hayung Nowa（哈勇・諾佤）回答她時，總是用同樣的標準答案。

　　Sayun離開台北回到Sqoyaw後，有一天她到姑婆Yoshiko在部落裡開設的泰雅文物館翻閱日治時期的文物，突然翻到一張日本警察和一位泰雅族女孩的結婚照。

「啊該？Yoshiko婆婆，這一張照片裡的女孩是誰？為什麼她跟我長得那麼像？都一樣是泰雅族的美女呢⋯⋯」

　　「哎呀？那是很久以前的一個頭目的女兒，她被強迫嫁給這裡日本駐在所的下松主任。那時候的日本警察，大部分都已經有老婆、小孩了。但是，因為他們要效忠日本天皇啊，所以很多日本警察就遵照天皇的命令，娶我們原住民頭目的妹妹或是女兒當老婆。這樣，他們就變成泰雅族的女婿啊！」

「啊該？姑婆，我知道了，我曾經在一本日治時期的調查報告書裡看過，這就叫就做政略婚姻⋯⋯」

「哎！我年輕的時候，也差一點被強迫嫁給另一個日本警察，結果我跑到山上躲起來。我的一位表姊一直跑來勸我，但是我堅決不肯，還準備要上吊自殺。後來，我的爸爸，就是你的曾外祖父Nowa Nokan，帶了一頭牛去頭目那邊，請他幫忙想辦法拜託他的日本女婿，就是下松主管。結果，他一聽說是Nowa阿公來拜託的，就不再刁難了。後來聽說那個本來要娶我的日本警察，娶了南投Mlipa（馬力巴）那邊一個部落頭目的女兒⋯⋯」

「啊該，Yoshiko婆婆，誰叫妳長得那麼漂亮？還好妳後來嫁給Tayal（泰雅族）。像莫那・魯道的妹妹，嫁給日本警察，後來被拋棄，難怪莫那・魯道會那麼生氣。」

「Sayun，我們Tayal以前的歷史，沒有這麼簡單。其實，妳的曾外祖父Nowa Nokan他真正的父親——不是我的祖父Yukan Payas（尤幹・巴雅斯），而且，我的祖父Yukan，從小也是被他的養父Payas從Pyanan（比亞南）那邊收養來的。Yukan後來娶了他養父的親生女兒，就是我的祖母Labi（拉比）。我後來也是聽我的哥哥，也就是你的外公告訴我的啦。原來——我的父親Nowa Nokan真正的父親是日本人。我的父親從一出生就被我的祖父Yukan Payas從南投的Mlipa（馬

力巴）收養來的！」

「啊該？我的頭好痛，什麼？妳是說，我的曾曾外祖父，是日本人？怎麼可能？太誇張了！」

「既然妳都有勇氣辭掉電視台的工作回到Sqoyaw，我應該要好好再把我們家族的歷史，交代給像妳這樣有心的年輕人了。要不然，以後我們泰雅族的歷史通通都會被遺忘了。」

「來，我拿一些照片給妳看。妳看啊，這些都是當年，一位到七家灣溪研究櫻花鉤吻鮭的大島正滿博士從日本寄來的照片。妳看，這個站在溪邊拉弓箭射魚的是我的父親Nowa Nokan。還有，我的媽媽Sayun（撒韻）跟一群婦女在跳舞。妳的名字，就是由妳的外祖母的名字來的啊！妳看，還有，這是我的媽媽Sayun正在織布，還有這個、這個，這是我先生的爸爸跟他的獵狗……」

「啊？這是那個研究櫻花鉤吻鮭的大島正滿博士？旁邊那個泰雅族年輕人就是曾外祖父Nowa Nokan嗎？他年輕的時候好帥喔，長得好像金城武喔！」

「對啊，我聽我媽媽說，我的父親一直到我最小的妹妹出生之後，還是有很多部落婦女偷偷暗戀他。不過，他是一個沉默寡言的人，這一生，他只愛我媽媽一個人。一直到我媽媽過世之後，他都沒有再娶別人。」

「那？Yoshiko婆婆，阿公Nowa後來有去尋根嗎？」

「那個時候，日本戰敗，日本人全部都被遣返回國。我的父親Nowa Nokan有寫信給大島正滿的兒子大島舜，聽說，他們那個時候曾經向志佳陽駐在所的下松主任，詢問過一位在總督府工作的技師，好像聽說那一位技師是下松主任在陸軍部隊裡的同學。哎？經過妳這麼一問，我也才慢慢想起來。我的哥哥說，以前我們家族的人很少被下松主任叫去做勞役，我本來以為是因為我的祖父Nowa Nokan常常會抓櫻花鉤吻鮭給日本警察吃的原因……」

「啊該？吃櫻花鉤吻鮭？這是台灣的國寶魚耶？冰河時期孑遺的生物耶～妳們以前都吃這種魚？」

「現在是國寶魚，可是以前，我們到七家灣溪工作，都抓這種魚來吃啊！」

「Sayun，我跟妳說喔，有一年，我帶幾位部落婦女到日本東京去表演，大島正滿博士的學生和親人就特地開車到機場接我們。那些日本人一看到從台灣來的原住民族就像看到親人一樣，一直叫我們『高砂族、高砂族』。他們後來全程招待食宿，說非常感念當年Sqoyaw的泰雅族人熱誠地接待他們的親人，他們回到日本後都還是很難忘。當我們要離開日本的時候，他們一字排開，站在海關前面大喊『台灣萬歲、台灣萬歲、台灣萬歲』、『Yoshkio萬歲、Yoshiko萬歲、

Yoshiko萬歲……』

「哈哈哈，Yoshiko姑婆，會不會太誇張了？」

「真的，我是說真的。」

過完農曆新年，Sayun提了一部紀錄片的企劃案。她決定把自己回到Sqoyaw種植小米的過程拍成紀錄片。在還沒有通過審查補助的情況下，她先去找一位全部落最支持她辭職回到山上的奶奶——Yabung Pawan。

「Sayun，我跟妳說，這trakis（小米）的種子啊，在春天撒進泥土裡。之後，就要慢慢等它發芽，等到長出幼苗，還要再慢慢地把梳它的幼苗，這樣，每一棵小米才可以呼吸。我年輕的時候，在Pyanan（比亞南）跟家人種很多小米。」Yabung奶奶依約來到Sayun老家後面的一塊田地，她一看到攝影機，就對著鏡頭開始述說以前她在Pyanan和家人種植小米的回憶。

「哎呀？yaki（奶奶），妳今天穿得太漂亮了啦！以前的人，上山也不會擦口紅啊！妳穿這樣很像要去台北約會啦！」

「啊？我就想說，這是要上原民台啊！上電視就一定要好好地化妝啊！」

「哎呦，不行啦！我拍的是紀錄片，要很自然。就像妳平常上山工作的樣子啊！」

「這樣怎麼行？妳的姑婆Yoshiko上一次在她的文物館接受原民台的採訪，都穿得那麼漂亮，我怎麼可以輸給她？」

「哎呦，不行啦，紀錄片不一樣，就是……妳知道，不是拍電影啦！」

「好啦，好啦，反正妳比較喜歡Yoshiko姑婆……」

「yaki（奶奶），妳不要生氣啦，妳是Pyanan（比亞南）來的第一美女，妳是自然美，不需要化妝就很漂亮啦！」

「哎，妳這孩子，嘴巴這麼甜，隨便妳啦，我先回去換工作服……」

Sayun看著奶奶的背影，心想，幸好她一直堅持要在Sqoyaw保留種植小米的文化，雖然說奶奶的娘家Pyanan（比亞南），現在已經變成全台灣最大的高麗菜專業種植區，但是她鼓勵Sayun除了拍攝種植小米的成長過程，有機會應該也要跟著她的外公Hayung，回到以前族人耕作的七家灣溪去看一看。

有一天，Sayun跟外公Hayung Nowa約好了，由她開車帶外公回到小時候跟著父親Nowa Nokan在七家灣溪的祖傳耕作地。

「不好意思喔，小姐、小姐，你們開車進去要買門票喔！」進入武陵農場之前，有一個售票亭，裡面坐著農場管理處的售票員。

「是我啦！這是我的外孫女。」Sayun的外公Hayung從副駕駛座趨身，向售票亭裡的小姐打招呼。

　　「喔，又是你喔？」售票小姐一看到Hayung，就不情願地打開柵門。

　　車子一開進武陵農場，外公就指著右手邊的一塊平地說：「妳看喔，我現在指給妳看的地方，從有勝溪跟七家灣溪的交會口那裡開始，一直到這裡，妳轉頭看左邊，富野度假村那一塊山坡，都是我的祖父、我的父親耕作的田地。但是後來，國民政府來了，就說要徵收給榮民種蔬菜還有水果。我的父親那時候哪裡知道要爭取權益？那個時候，誰敢說要爭取原住民的權益？政府說要徵收就徵收。只是，當時有說要以地換地，可是後來也沒有……」Sayun的外公一進入七家灣溪，神情就像是一個當年在這裡跟著父親耕作的年輕小孩，他開始對著Sayun的攝影機鏡頭講述從父親那裡聽來的歷史故事。

　　「阿公，那後來呢？你們以前在這裡，不是也有其他的家族一起在這裡耕作？他們也有得到政府的補償嗎？」

　　「有啊，就是現在Sqoyaw（志佳陽）的王家、宋家、劉家……這些家族最先在這裡耕作。但是後來聽人說，那時候政府有提出賠償金給和平鄉公所，但是後來被一位縣議員侵占了，我們根本一毛錢都沒有拿到！」

「阿公，你幾歲的時候，就跟著你父親、母親到這裡工作？」

「我從小學一直到上國中之前，都和父母親在這裡工作啊，後來，因為要上國中，我才被教會的牧師送到台北的新店去念教會學校。剛開始我很不習慣住在台北，還是會天天想念山上的家人。」

「我聽姑婆說，你們的父親有一半日本人的血統？」

Hayung面對鏡頭，停頓了10秒鐘。「這個不要錄影吧！」他說。

Sayun關掉手上的攝影機，Hayung接著開始說：「是我後來到台北唸書的時候，又寫信給大島正滿的孫子，要他幫忙問一下他的父親大島舜，當年他們來志佳陽部落做調查的時候，是不是有聽到有關我的父親Nowa Nokan的身世的消息？因為，那時候，聽說他們在駐在所，曾經跟當時的下松主任提到，一位日本技師的一支鋼筆在我的父親手中。但是，連我自己的母親到過世之前，從來都不提這一件事。」

「大島正滿的孫子？他後來有回信給你嗎？」

「他後來有回信，說他的父親曾經看過一張寫著日本俳句的合照，但是他也已經不記得內容了，只記得當時撿到了一支掉在地上的鋼筆，上面刻了『のろ』（Noro）兩個字，那時，他父親和祖父大島正滿什麼都沒有說。」

「阿公，那你後來有再繼續尋找其他的線索嗎？」

「我從台北回到台中市的一間教會實習的時候，在教會裡遇到一位從Skikun（四季部落）退休的牧師。他一聽我是從Sqoyaw來的，就告訴我說，他父親以前日治時期在四季衛生所擔任公醫。他再婚的時候，娶了一個Mlipa（馬力巴）頭目的女兒，也就是他的繼母。她是一位護士，和他父親生了一個女兒，之後又離婚了。那個牧師告訴我，他的繼母曾經有一個孩子，一出生就被Sqoyaw（志佳陽）的人收養。只是，不知道被誰收養？後來，我也就沒有再去尋找任何跟我父親身世有關的消息了。因為我覺得，人活著，只是為了寬恕身邊的人，這是上帝給我們每個人一生的功課。走吧，Sayun，看完妳的祖先的耕作地，我們就回家了，等一下我還要帶妳的外婆去台中看醫生……」

Sayun和外公Hayung Nowa回到志佳陽時，正好在台七甲線的中興路口遇到郵差來送信。

「Hayung牧師，有你的掛號信喔！喔，Sayun，也有妳的掛號信。」

「喔喔，我身上沒有帶印章可以領嗎？」牧師說。

「牧師，你簽名就好了啦！Sayun妳也簽名就好了！」

「是從哪裡寄來的？」他們同時問郵差。

「原住民族委員會！還有，原住民族……文化事業基金

會！」

「啊～阿公，我的紀錄片補助案通過了！感謝主～」Sayun拆開信封一看，就興奮地抱著副駕駛座的外公大叫。

「恭喜妳啊！Sayun……終於，妳媽媽不會天天叫妳無業遊民了！」

「哪有啊？我回到山上，天天陪她，她心裡其實很高興，但是嘴巴都不說。」

「妳回來山上陪外公，外公最高興了啦！」

Sayun打右轉方向燈，車頭轉180度，志佳陽部落就出現在前方的山谷裡。「Sqoyaw，我～回～來～囉～」Sayun用力踩了一下油門。

Hayung低頭拆開寄給他的掛號信，那是一張回覆會勘結果的公文。他看了很久，還是看不懂公文的意思。「Sayun，正好妳在，等一下回到家，妳幫外公看一下，這個公文是什麼意思？」

Sayun把車停在一間用貨櫃車改裝的小咖啡屋前，純白的油漆底塗上鮮豔的藍色。貨櫃屋的門口掛著「trakis小米咖啡」的手寫招牌。

「妳泡一杯咖啡請外公喝吧！喔，我們來慶祝妳的紀錄片通過補助，我有加一點點小米酒在裡面，不要告訴妳外婆喔，因為我等一下還要開車下山……」

Sayun打開咖啡屋的投射燈，頓時有了一點點星巴克的感覺。「阿公，你喜歡聽什麼歌？我放給你聽。」

　　「呃？妳一定沒有阿公喜歡的音樂。」

　　「不一定喔，只要你說得出歌名，我用youtube去搜尋⋯⋯」

　　「什麼？優吐？那是什麼？」

　　「哈哈哈，這是一個網路影音的系統啦，什麼歌都有，英文、日文⋯⋯通通都有。」

　　「balay（真的）？那，我要聽美空雲雀的歌。」

　　「好，等一下喔！嘿，沒想到志佳陽部落的中華電信還有4G寬頻網路⋯⋯」

　　「nanu（什麼）？四雞？」

　　「哎，哈哈⋯⋯阿公⋯⋯ひばり的，川の流れのように（川流不息）⋯⋯」

　　知らず知らず　歩いて来た　無意間又回到了
　　細く長い　この道　這長長的小路
　　振り返れば　回首
　　遥か遠く故郷が見える　眺望遙遠的故郷
　　でこぼこ道や　曲がりくねった道　這崎嶇蜿蜒的道路
　　地図さえない　連地圖上都沒有

それもまた人生　不就像是人生嗎

……

ああ　川の流れのように　啊！如川流一般

ゆるやかに　慢慢地流

いくつも　時代は過ぎて　多少個世代這樣逝去

ああ　川の流れのように　啊！如川流一般

とめどなく　不曾停歇

空が　昏に染まるだけ　只在天空染上黃昏的顏色

　　Sayun把手沖的黑咖啡倒進一個奶盅容量的小米酒，端給坐在窗邊的外公。「Hayung先生，您點的特調小米～酒咖啡來囉！」她坐在外公旁邊，接過他手上的公文仔細地閱讀。

　　「阿公，這一封原民會來的公文是說，你們上個月，是不是有跟和平鄉公所，喔，現在已經改成和平區公所了，還有文化資產保護局的人去武陵農場勘查，後來還在雪霸國家公園的武陵管理站開了一個協調會？」

　　「喔，有啊！當時還有一位中央研究院的劉益昌博士也來勘查……後來說什麼，因為在我們祖先以前耕作的地方挖到史前遺址，要我們不准開發和繼續耕作。」

　　「對！公文的意思就是說，你必須要先證明七家灣溪那一塊土地，是你的祖先，喔，我們的祖先的耕作地，才有可

能繼續協調如何換地，或者提出補償的條件。」

「問題是，我現在要怎樣提出證明呢？我從小就跟著父親、母親到那裡耕作。我父親的父親、祖先都一直在那裡耕作啊！那時候又沒有土地所有權？我的阿公、阿公的阿公通通都在天堂了……」

「哎呀？阿公，除非你也能挖到祖先的遺跡，才可能證明七家灣溪確實是我們的祖先的耕作地了。」

「不要說祖先的遺跡，妳看那個櫻花鉤吻鮭，從冰河時期留到現在，若不是雪霸國家公園後來一直在羅葉尾溪、司界蘭溪施放魚苗，可能就已經完全消失了。我們原住民的生存權益，有哪一個政府真正在關心？每一次改朝換代，都一直在打壓我們原住民的生存空間，連櫻花鉤吻鮭都不如……」

「喔，對了，Sayun，下星期六，雪霸國家公園要到Pyanan（比亞南部落）的羅葉尾溪施放魚苗，他們說是什麼『手護小櫻回家』的活動，不是那個……要選總統的小英喔！他們叫我帶平等國小泰雅母語班的學生去表演。妳要不要來拍攝？妳的外公要代表泰雅族的耆老進行祈福儀式喔！」

「阿公，以前我們Tayal也有跟櫻花鉤吻鮭相關的儀式嗎？」

「我是沒有聽說過啦！但是我知道，羅葉尾溪這裡是Pyanan（比亞南部落）的傳統領域，我們不能越界去捕撈或者去打獵，他們也會同樣遵守這個傳統領域的精神，不會到七家灣溪的中下游捕捉櫻花鉤吻鮭。因為，我們兩個部落的界線是從雪山的交會口那裡開始。」

「那⋯⋯如果我去拍攝，有沒有機會吃到櫻花鉤吻鮭？」

「哎！怎麼可能？但是，老實說，我印象中，小時候因為沒有食物，怎樣都覺得好吃。但其實，櫻花鉤吻鮭煮過後，牠的肉都會散開來，口感不好。我反而比較喜歡吃苦花魚。」

Sayun的小米紀錄片在她回到志佳陽的第二年夏天完成了。她在平等國小的操場舉行部落首映會，而唯一在影片播放前致詞的貴賓，是她的外公Hayung Nowa。

她也因為拍攝「手護小櫻回家」的活動，在羅葉尾溪遇到了一位住在Pyanan（比亞南）的親戚Iban。

她的外公向她介紹說：「Iban是妳最小姑姑的先生，他是東京大學文化研究科的博士候選人，現在是雪霸國家公園『櫻花鉤吻鮭復育計畫』羅葉尾溪巡守隊的研究主持人，妳不是也想要拍櫻花鉤吻鮭的紀錄片？那就要好好跟姑丈學習了。」

「Iban姑丈，lokah su！」

「妳就是從原民台辭職的Sayun喔？不錯、不錯，年輕人有勇氣。我聽妳外公說，怎麼樣？妳從東京游回台灣，又從台北游回七家灣溪，都沒有迷路喔？」

「哈哈，還好啦，幸好有阿公Hayung在山上呼喚我回來……哈哈哈。」

Iban後來答應，讓Sayun拍攝他在羅葉尾溪進行生態復育的研究工作，要她有空可以常來Pyanan（比亞南部落），看他們如何推動復育櫻花鉤吻鮭，以及泰雅族傳統領域的調查計畫。

這一部歷時一年拍攝的紀錄片，也在Iban的協助下，重建了一次1935年大島正滿博士調查櫻花鉤吻鮭的路線。後來這一部紀錄片在原住民族電視台播出，得到了金鐘獎「最佳教育文化節目獎」。之後，有人在電視上看到這一部紀錄片，便把它錄下來，從台灣寄到北海道二風谷的一間民宿。

有一天，Sayun收到了一封從北海道Nibutani（二風谷）愛努民族博物館寄來的邀請函，希望她能帶這一部有關泰雅族人保育櫻花鉤吻鮭的紀錄片，到北海道與愛努族人分享。

SPI NYux
awa'
Atayal
1935

第 二 章
Nibutani 二風谷

Sayun抵達北海道千歲機場時，已將近傍晚。她拖著行李走出海關後，一眼就看見穿愛努族短大衣、留著一字鬍的野本先生，和一位舉著一塊牌子的年輕人站在海關出口。她走上前，才發現牌子上用漢字寫著「歡迎泰雅族導演撒韻」。一看到Sayun，野本先生立刻向她招手。

　　「Sayun小姐，歡迎您到北海道Ainu（愛努族）的故鄉！」

　　野本先生是二風谷愛努文化博物館的雇員，負責協助博物館裡的研究員，進行愛努民族文化的研究與導覽。距離上一次他帶領愛努族青少年到台灣的Sqoyaw（志佳陽部落）進行文化交流，已經兩年多了，但他現在仍然維持著自己對愛努族文化的自信心。就像上次來到台灣交流，他不管走到哪裡都穿著愛努族的傳統服裝。他說，自己在北海道的札幌或是到東京出差，幾乎也是穿著傳統服裝出門。而在這樣寒冷的二月天，他也還是穿著一件改良式的愛努族短外套到千歲機場接機。

　　「野本先生，好久不見，謝謝您大老遠跑來接我。哇！愛努族的故鄉真的比泰雅族部落還要冷。」Sayun一走出機艙門，就感受到北緯42度的冷冽寒風迎面襲來。從空橋進入機場大廈後，全身立刻又被暖烘烘的暖氣空調包圍。

　　「千歲市剛才又下大雪了，應該是為了歡迎泰雅族的

您吧？」野本幽默開朗的特質在環山部落相當受到泰雅族人的歡迎，因此每次吃飯的時候，幾乎每一個族人都要找他乾杯。這一次來北海道，Sayun還特別記得外公Hayung交代她，一定要嚐看看愛努族的煙燻鹿肉。

「啊？我忘了介紹……」野本先生輕聲召喚一個年輕男孩。

「Ken將，請你幫忙Sayun小姐搬行李到車上！」一位頭上繫著愛努族手繡頭巾的濃眉大眼男孩走上前來。「Sayun還記得Ken嗎？他去年從北海道大學植物學系畢業，現在回到Nibutani（二風谷），協助一個新成立的NGO組織進行造林計畫。」

「Ken將，你變成真正的愛努族男人，我都快認不出來了！」Sayun回想兩年前，在環山的平等國小進行文化交流的晚會中，還在大學唸書的Ken因表演愛努族的傳統樂器mukkuri（口簧琴），而博得了滿堂彩；因為即使是泰雅族的年輕人，可能也無法吹奏出像他這麼道地的口簧琴音樂。仔細聽他的口簧節奏，還可以聽到「汪、汪、汪」的震盪回音。

他們很快地從停車場開上高速公路，一路從新千歲機場開往苫小牧。過了將近30分鐘，又從苫小牧轉入苫東道路繼續往南行駛。由於正在飄雪，野本先生用雨刷撥開落在擋風

玻璃上的雪花，同時也放慢了車速。他一面開車，一面向第一次到北海道的Sayun介紹，這裡的地名有哪些是用愛努族語直接翻譯過來的。

「比方說，札幌Saporo，『poro』就是大的意思。還有旭川（Asahikawa）、白老（Shiraoi）……都是愛努族語。」

「啊，這跟我們台灣一樣，像你們上一次去的台北烏來；『wulay』在泰雅族語裡，就是溫泉的意思。」

又過了將近30分鐘，車行方向從日高自動車道左轉，下了富川交流道之後，再繼續沿著日高國道往北行駛。在一片白茫茫的積雪當中，Sayun隱約從右邊的景緻裡，看出了車子正沿著一條河川的左岸進入山丘地帶。

「從這裡開始，就是平取町的範圍了。我們等一下要跟二風谷愛努文化博物館的學藝員（研究員）中村先生一起用餐。」

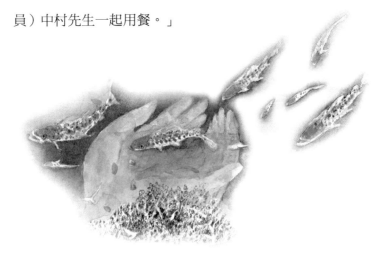

「喔？這麼快就到Nibutani（二風谷）了？野本先生，右邊的河就是沙流川嗎？」

「喔，是的，它的中游就是興建二風谷水庫的地方，從這裡大概還有10分鐘的車程才會到二風谷。我們要先到平取的市區用晚餐。」

Sayun這一次受邀到二風谷愛努文化博物館播放的紀錄片《羅葉尾溪的美麗與哀愁》，主要在探討台灣的行政單位於泰雅族的傳統生活領域，和國家公園進行生態保育的計畫當中，從不能夠積極重視泰雅族人的傳統制約與生態智慧，甚至透過法令公告「野生動物保育區」，限制泰雅族人在傳統領域活動的空間。

她在出發之前，就已經先從網路上了解二風谷水庫興建的歷史，以及愛努族人強烈反對舉行祭典的聖地和農牧用地，被強制徵收的法令規定。雖然日本政府以興建防洪設施保護沿岸居民的龐大財產是一個事實，但這其實就跟台灣的狀況一樣——當國家面對快速的經濟發展與工業區開發所需要的大量用水時，聰明的政府總會先想到，在河川上游的原住民傳統生活領域興建水庫。

當初北海道開發局預定在平取町的二風谷興建水庫時，就已經注意到Nibutani（二風谷）一帶是愛努族人的聖地。一直以來，愛努族人都會在夏季來到沙流川，舉辦Chipusanke

的傳統祭典。這個祭典在北海道其他的愛努族部落間，也都會在時序即將進入秋天之前舉行。對照台灣原住民的傳統祭典，就跟蘭嶼達悟族人在初春舉行的「召魚祭」有點相近。不同的是，達悟族召來的是跟隨黑潮暖流北上的飛魚，而愛努族人則是邀請神靈來參與一年一度的祭典。

Chipusanke在愛努族語是「讓船降低」的意思，通常由部落的耆老帶領族人，到河川旁邊舉行一種把kara（靈魂）放進傳統獨木舟的下水儀式。在儀式舉行完畢之後，族人就會開始等待，準備捕捉秋天從出海口洄游到河川上游產卵的鮭魚。因為這個儀式的神聖性，加上愛努族傳統文化和語言逐漸式微的困境，因此當政府宣布要在Nibutani（二風谷）興建水庫的時候，就引發了一連串強烈反對的運動。

從1976年開始，光是土地補償的談判就花了9年，一直到1984年才結束所有的談判。在1985年水庫開始興建時，政府還頒布了一個《水源地特別措施法》，來限制愛努族人在傳統領域的生存權與耕作權。

「那時候，住在Nibutani（二風谷）的愛努族長老萱野茂（1994年到1998年曾任日本參議院議員）和貝澤正（曾任平取町議員），為了保護愛努族的文化，堅決反對二風谷水庫的興建計畫，甚至在1993年向北海道開發局提起行政訴訟。這一個訴訟案在北海道地區喧騰一時，甚至讓萱野茂在1994

年順利選上參議院議員，成為第一位愛努族的國會議員。

　　儘管這一項行政訴訟於1997年被札幌地方法院駁回，且主要原因還是二風谷水庫已經興建完工3個月，但在判決書上卻清楚寫著「非法築壩……雖然他們沒有詳盡考慮愛努族的文化，同時它也被國家所忽視，……」。

　　Sayun看到這一段有關愛努族人抗爭的歷史文字紀錄後，想到的是小時候她的外公Hayung Nowa曾經告訴過她，他們家族在七家灣溪的耕作地於1963年成立「武陵農場」的時候，也被台灣政府強制徵收的遭遇。直到現在，Sayun的外公仍然認為政府沒有兌現「以地換地」的承諾。

　　但是，在其他被迫遷出七家灣溪的家族中，也有人聲稱政府在當年，早就已經透過部落的議員發放過補償金了。這一段歷史懸案，在沒有人挺身而出的情況下，已經成為七家灣溪的羅生門歷史。

　　這也是為什麼剛剛野本先生的車一進入沙流川的流域，Sayun就立刻想到外公現在於七家灣溪所面臨的遭遇。這時，野本先生正好將車子熄火，他們停在一間叫做「黑部牛排餐館」的停車場裡。

　　天空不再飄雪了，滿天的星星像是一盤灑落在黑色絨布上的鑽石，閃閃發亮。

　　「哇，我已經好久沒有看到過這麼多星星了！原來它們

全部都躲在北海道的天空……」Sayun一跨出車門，就被頭頂上的星空吸引，但她還來不及注意腳下的積雪，就往前滑了一步，幸好Ken及時拉住她的手。

「小心不要滑倒，在雪地上走路，雙手也儘量不要插在口袋裡。」Ken貼心地提醒她。因為他曾聽說台灣很少下雪，即便有下雪，也是馬上就會融化。

當他們走進餐廳的時候，就看見中村先生已經坐在預約席當中等待來自台灣的客人。「Sayun小姐，歡迎您來到二風谷。我是中村，請多多指教。我今天代表我們的館長，歡迎您來參加這一次的紀錄片影展。您是這一次唯一受邀的外國貴賓喔！」

「中村先生，您好，我也很榮幸能夠跟愛努族的朋友分享泰雅族的文化。」Sayun向中村點頭致意，並遞上名片。

「經歷這麼長的旅途，妳一定餓了，來，請坐、請坐。這一家餐廳最有名的是炭烤牛排，用的是這裡牧場畜養的和牛，妳可以試看看，還有這裡的西紅番茄也是我們平取的特產。晚一點，您可以就近到二風谷溫泉泡湯。野本先生，您這一次是安排Sayun小姐住在『chise』民宿對吧？」

「是的，我希望能夠讓Sayun小姐有『chise』的感覺。噢，『chise』在愛努族語是『家』的意思……」

「野本先生，我之前已經在網路上看過『chise』民宿的

介紹了。還知道那一個立在路口的大型木雕是您的傑作呢！上一次您帶到台灣的貓頭鷹雕刻作品，讓我的外公非常讚嘆，說您的雕刻技術很厲害！」

「野本先生的祖父以前是二風谷最有名的愛努族雕刻工藝家，在二風谷愛努文化博物館裡，也收藏了一些他祖父雕刻的傳統文物。Sayun小姐明天就可以看到了。」中村立刻補充介紹。

「說到貓頭鷹，我以前在電視台的一位女同事剛結婚，她特別交代我，這一次要幫她帶一個愛努族的貓頭鷹木雕回去。因為住在台灣日月潭的邵族人也認為，貓頭鷹可以帶來生孩子的好運氣。」

「這跟我們愛努族有一點像，我們稱貓頭鷹叫做『kodan koro kamui』，也就是部落的守護神。我小時候曾經在森林裡看過貓頭鷹，最大的大概有80公分這麼高，幾乎跟這張餐桌一樣高。牠的翅膀展開來，大概有2公尺這麼長……」野本先生把手伸向餐桌的邊緣比劃著。

「噢？太厲害了，野本先生不是開玩笑的吧？」Sayun簡直不敢相信，北海道的貓頭鷹展開翅膀就跟一張餐桌一樣長。

「哈哈，野本先生說的貓頭鷹叫做毛腿魚鴞，在北海道的東部、中國東北和俄羅斯東部一帶都有這種大型的貓頭

鷹。牠是世界上最大型的貓頭鷹。現在北海道大概還有150多隻，屬於一級保護類動物。」中村先生以研究員的身分作證，而且還舉出了調查數據。

「好吧！我今天晚上會再上網查詢北海道毛腿魚鴞的資料。Ken將，你應該也沒有看過像餐桌一樣大的貓頭鷹吧？」Sayun轉向一直沉默的Ken，他微笑地搖搖頭，繼續吃著他的炭烤牛排。

在黑部餐廳結束簡單的晚宴後，他們再度啟程前往二風谷。這時，天空又飄起了雪花，像是從超級製冰機裡大量撒下的棉花一樣。野本先生放慢車速，並指著左前方的一棟大型建築物說：「Sayun小姐，那裡就是二風谷愛努文化博物館，也是明天放映紀錄片的會場，民宿就在博物館旁邊。」不一會兒，野本先生轉向右邊的一條小路，把車停在一棟木屋旁邊。這時，Sayun看到儀表板顯示著車外的溫度是「-15度」。

她推開車門，走到停車場邊厚達1公尺的雪堆上，學著日本偶像劇女主角張開雙手、讓雪花落在手上的動作。其實，她更想直接躺在雪地上做出一個「雪天使」的形狀。但是她還是忍住了衝動，以免讓愛努族人流傳一個關於泰雅族女導演躺在雪堆上打滾的趣聞。她環視周遭的景緻，發現這裡的住家有點像泰雅族的部落，零散地各自坐落在山谷裡。只

是不知道，這些聚落的形成，是否也是因為日本政府在開拓北海道時，為了方便管轄愛努族人而強制他們遷移到這裡的呢？

Ken拉著皮箱，示意Sayun跟隨他沿著一條從雪堆裡開鑿出來的小徑往木屋前進。兩旁疏落有致的庭園植物雖然已經覆滿白雪，但在昏黃路燈的探照下，仍然可以發現幾株從雪堆裡探出頭來的海芋。前方一塊大型的原木招牌刻著「民宿チセ」（チセ，chise，愛努族語「家」的意思）。

「啊，這個就是從網路上看到的巨型木雕，真好，終於到家了。」Sayun從玄關推開內室的木門，即刻感受到一股暖意。民宿的女主人薰，已經備妥一壺熱茶等待客人到來。

「Sayun小姐，我是薰，歡迎您到二風谷，一路上辛苦了。先喝一杯熱茶吧！」一看到薰的本人，Sayun馬上感覺到她長得跟志佳陽部落的舅媽很像，她們都是濃眉大眼、滿臉的笑容，甚至連講話的速度、聲音都有點像。

「啊，薰小姐，您好，終於，我們見到面了。謝謝您在email裡提供了很多的協助，聽野本先生說，我這一次受邀到二風谷放映紀錄片，是薰小姐提出來的建議，我真的很高興能夠來到這裡。」

「先坐下來喝杯茶吧。Ken，請你先把Sayun小姐的行李放在一樓的客房裡。」

「Sayun小姐，妳把這裡當作自己的『chise』，我和Ken還要回到博物館準備明天開幕式的工作。等一下，薰和我的姪女會陪妳到附近的平取溫泉泡湯，這樣可以消除旅途的勞累，晚上也會睡得很好，先跟妳說晚安了。」野本喝完了一杯熱茶，準備再度出門。

　　「野本先生，謝謝！辛苦您了，我們明天見。」Sayun起身向野本先生道謝。

　　「Sayun小姐，請坐下來吧！上一次謝謝妳和Sqoyaw（志佳陽）的朋友們熱誠地接待我們的大學生，野本先生說，孩子們在台灣原住民部落學習到很多。尤其是Ken，他從台灣回來之後，開始有了改變……」薰一看到Sayun，就想把兩年前在她兒子身上發生的故事告訴她。

　　「喔？我記得Ken來到我們的部落時，一直很認真地做紀錄。有一天，我陪他們到宜蘭的金岳部落。那裡有一個名為莎韻之鐘的景點……」

　　「對！對！Ken回來就告訴我，有一次妳陪他們到一個泰雅族部落訪問，他在那裡遇見一位從台灣大學畢業回到故鄉服務的泰雅族女孩。她分享了自己的求學歷程，以及回到故鄉推動振興文化還有生態旅遊的計畫，讓他很感動，而且聽說最近，這一位泰雅族的女孩已經擔任部落發展協會的總幹事了？」

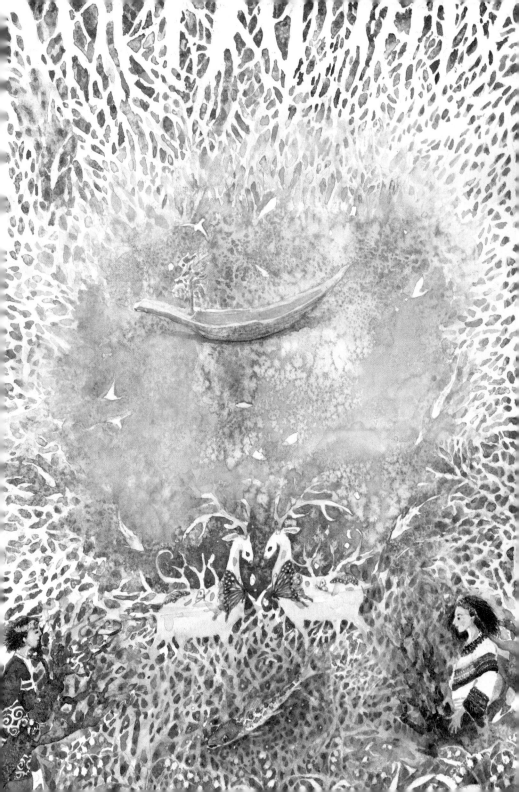

「啊？Ken說的是Yagu，她是我的表妹。她從小就住在部落裡，不像我是在都市長大的。Yagu的泰雅族語說得比我好，而且大學期間就常常參加原住民的社團活動，也常有機會到國外進行文化交流。她大學念的是農藝學系，正好可以幫助部落。去年她還帶領部落族人參加宜蘭的綠色博覽會，獲得全國原住民社區總體營造的優勝獎。」

「真是厲害了，怪不得Ken回來一直說，台灣原住民的年輕人對自己的文化有很多深刻的想法，特別是泰雅族的女孩，長得很漂亮、也很優秀。」

「哈哈，Ken應該不是說我吧？我其實是在進入原住民電視台之後，因為採訪工作才開始真正認識自己的文化。三年前，我離開原住民電視台，想要嘗試拍攝紀錄片。應該說，更早之前，我在東京的一間旅行社擔任國際領隊，那是中國大陸的人投資的旅行社。但是，我的心一直想回到台灣。可是回到台灣後，仍然一直住在台北。當時我的曾外祖父過世，我聽過家人提起他年輕時，曾經陪同一位日本的魚類學博士大島正滿，進行櫻花鉤吻鮭的調查，就決定要回到山上拍紀錄片。我後來上網查詢，才知道大島正滿是出生在北海道的札幌呢！」

「我是和一位到Nibutani（二風谷）自助旅行的台灣女孩聊天，才聽說台灣有櫻花鉤吻鮭。去年，她在台灣的原住民

電視台看到泰雅族人和櫻花鉤吻鮭的紀錄片後，就把它錄下來寄給我。她寄來的光碟不完整，我和野本先生只看到中間那一段，就是一群泰雅族的小孩和一位耆老，一起用雙手護送鮭魚幼苗回到羅葉尾溪的片段……」

「啊？那一位泰雅族耆老是我的外公，Hayung Nowa。」

「對，我先生告訴我說那是住在Sqoyaw（志佳陽）的泰雅族耆老，果然，他後來看到了導演的名字是妳。正好，今年的7月，二風谷愛努民族文化博物館要和兩個愛努族語教室，執行一個拍攝民間傳說的紀錄片計畫，而野本先生是計畫負責人。我就向他建議，先邀請Sayun小姐來分享拍攝紀錄片的經驗，這樣應該會帶給我們的年輕人一些啟發。」

「哈哈，我真的很榮幸能夠受到你們的邀請，但是現在聽起來，我開始有一點點緊張了。不過，我希望能夠帶給大家一點幫助。」

「Sayun小姐，不要緊張，其實我很感謝妳和妳的族人。Ken之前一直為了要到東京念研究所，和他父親之間的關係很緊張，我不知道該怎麼辦。直到兩年前，他的父親要帶一群愛努族的大學生到台灣交流。就在出發的前三天，一位擔任表演傳統舞蹈的男孩在騎馬的時候發生意外，他的腳因此受傷沒有辦法出國。當時因為Ken的父親是訪問團的團長，所以我們希望能把機會讓給其他愛努族的大學生。但是，因為博

物館的館長拜託野本先生讓Ken代替那一位學生，他才能夠前往台灣。然後在那裡，他親眼看見了你們對於文化傳承的努力。」

「啊？原來有這一段故事。我記得Ken當時在環山部落吹奏『mukkuri』（口簧琴）的時候，非常受到歡迎。很多老人都很驚訝，愛努族的傳統樂器竟然跟泰雅族的口簧琴『lubu』一樣。當然，年輕的少女看到愛努族的帥哥也是尖叫聲不斷！」

「我是最近才知道Ken一直透過facebook和妳的表妹聯絡。那也是因為我請他幫忙跟妳聯絡才知道的。現在回想起來，他在畢業之前突然告訴他父親，他決定留在北海道大學念研究所的時候，我們都猜不出來他為什麼會有這麼大的改變。Sayun的表妹已經有男朋友了嗎？哈哈……」

「啊？薰小姐是希望我的表妹嫁到愛努族的部落嗎？這樣我們以後就可以經常吃到北海道的鮭魚囉！要不是我的年紀比Ken大，我倒是可以推薦我自己哦，這樣以後就可以天天泡溫泉……」

「哎呀呀～說到溫泉，我們聊了這麼久，我竟然忘了時間。這裡的溫泉會館只營業到晚上10點鐘，真是抱歉。不過，明天晚上，博物館的館長會在溫泉會館的餐廳舉行歡迎晚會，用完餐之後我請我的外甥女陪妳去泡溫泉。我的外甥

女在東京唸書，昨天才剛剛回到二風谷。她也是專程回來幫忙她舅舅，就是野本先生啦。她現在應該還在博物館裡幫忙……」

「薰小姐，沒關係、沒關係。我也有一點累了，就不用再麻煩大家。我就先在我的『chise』休息吧！」

「好的，來吧，我先帶妳到房間，幫妳介紹房間裡的設備。還有，明天早上8點，妳就可以先到一樓的餐廳用早餐。從民宿這裡走路到博物館只要5分鐘，所以妳可以先好好地休息。明天的開幕式會在9點鐘準時開始。那麼，就先說晚安囉！」

Sayun看見床頭櫃上的鬧鐘顯示10:35，比台灣快一個小時，她順手取下手錶把指針調整為北海道的時間。而在另一個床頭櫃上，擺著一個很可愛的貓頭鷹木雕，她心裡想，會不會這一次也在二風谷遇見一位愛努族的優秀青年呢？睡前，她還是不放心地把明天早上要致詞的稿紙拿出來練習。（Sayun Simon的演講稿）

……1883年3月，大島正健從札幌農業學校的預科教員升任助教，同一年8月，他和同班同學伊藤一隆的妹妹平野千代結婚。隔年，1884年6月，長子大島正滿在札幌市出生。

大島正滿回溯的家族記憶裡，父親正健在札幌農業學校的同班同學中，有些人的母親是愛努族人。他兩歲的時候，父親轉任札幌獨立基督教會的牧師，後來透過口述的回憶告訴他，在當時也有很多愛努族人來到教會受洗、做禮拜。

大島正滿的舅舅伊藤一隆是北海道廳水產課的創始人，他深深影響了姪兒在日後對台灣的淡水魚類研究的興趣。1888年，伊藤一隆創始的北水協會，正式在千歲設立了一個「鮭／鱒孵化場」，他的一生對北於海道水產事業的發展也有著極大的貢獻。

距離大島正滿最初發現並命名「薩拉茂鱒」的時間，已經過了80年。當我循著歷史記憶洄游到他的出生地北海道，同樣發現，明治時期的開拓歷史中，你們的傳統領域被強制編入了日本的國土，你們也因此成為了「舊土人」；台灣原住民族的居住地，被割讓為日本的領土之後，我們則變成了「生番、熟番」。

千百年來，地球上的「生態系」中，所有物種以及與其有密切互動關係的環境因子，在適應環境的同時，各物種間也逐漸演化出相互依存的關係，

其中有可能包括：掠食、被掠食、競爭、共生與寄生，以食物能量傳輸方式連結成食物鏈，進而糾結成複雜的食物網，相互結為一體。

愛努族人以萬物皆為靈的信仰，正如泰雅族人和櫻花鉤吻鮭的相互依賴關係。由於物種間的環環相扣，牽一髮而動全身，即使是微不足道的干擾，便可能影響到一個「族群」的存亡。在這一條川流不息的歷史長河中，我們都在不斷地洄游、不斷地找尋一線生機。

接下來，就請大家一起觀賞我所拍攝的紀錄片：《羅葉尾溪的美麗與哀愁》。謝謝！

Sayun轉頭看了一下床頭櫃上的鬧鐘，已經是深夜11:15。她透過玻璃看到窗外正在飄雪，輕輕推開窗戶後，「呼～」一股刺冷的寒氣撲向她的臉，「啊，好香甜的冷空氣。」她把右手伸出窗外，想學習古代的人掬雪攬月，「agay！好冰喔！」她馬上狼狽地縮手，關上窗戶。月光透過玻璃窗灑進地板，使得Sayun突然有一個想法：「這一輪北海道的明月，應該也見證了每一個歷史事件。不論是台灣的原住民還是愛努族人，都一樣曾經遭受外來者的侵略和壓迫，更甚至是殘酷的戰爭和殺戮，這些，月亮都看在眼裡了吧？……啊，不

能再想了，等一下就會害怕得睡不著覺。」她看了看床頭櫃擺了一尊日本古代仕女人偶後，發現人偶正盯著自己看，於是她伸手把仕女人偶的臉面向牆壁，關掉床頭燈，把自己從頭到腳蒙在棉被裡，不一會兒，她馬上熱得開始冒汗，因此又把頭和兩隻手伸出棉被外。「喔，我好土喔，原來房間裡有電暖器……」

----

lokah ta kwara Tayal　　（泰雅族，加油！）

lokah ta kwara laqi　　（泰雅小孩，加油！）

lokah ta kwara Tayal　　（泰雅族，加油！）

lakah ta kwara laqi　　（泰雅小孩，加油 ！）

「在Hayung Nowa長老的祈福聲中，泰雅族的孩童從雪霸國家公園的保育員手中接下一尾、一尾櫻花鉤吻鮭的幼魚苗。他們唱著古老的歌謠，祝福這些藉著人類的雙手洄游到出生地的魚苗。」

影片播放完畢，現場響起一片熱烈的掌聲，足足有一分鐘之長。Sayun的紀錄片受到很大的迴響，不僅是愛努族的年輕人，連大人都深受感動。放映後的座談會中，二風谷萱野茂愛努資料館的館長萱野志朗特別稱讚她：

「我非常佩服泰雅族的Sayun導演，有勇氣離開城市回到

自己的故鄉，她跟我有一點相似，我們都曾經在大學畢業和研究所畢業後在東京工作。我在1988年回到故鄉二風谷擔任愛努語言教室的老師，自己後來也經營一個私人的愛努族語教學廣播頻道。

我很羨慕台灣的原住民有一個自己的電視台，但是，我現在更羨慕台灣的原住民青年有勇氣回到故鄉，拿起攝影機記錄自己族群的歷史和文化。我期待，今年夏天在沙流川舉行Chipusanke時，也會有愛努族的青年用攝影機記錄我們的文化。非常謝謝Sayun導演的分享。」

放映座談結束後，Sayun想先回到民宿休息。野本叫一位看起來就像是愛努族的女孩過來，「Sayun，這是我的外甥女香織，她是東京藝術大學映像研究科三年級的學生，她特地回到二風谷來進行畢業影片的前置研究。」

「Sayun小姐妳好，我是Kaori（香織），妳可以叫我Linda。今天，妳的紀錄片讓我非常震撼，這也是我心中一直以來的心願——想要回到故鄉。看完妳的影片之後，我決定今年夏天，要回到二風谷拍攝Chipusanke，到時候還要請妳多多指教。」

「啊，Linda小姐，妳的眼睛好漂亮，跟妳的舅媽薰小姐的眼睛一樣大，一看就知道是愛努族的美女……」

「我自己也喜歡讓人家知道我是北海道的愛努族人，雖

然我的父親是和人（日本人），但是，我深深覺得二風谷才是我的故鄉。」

「Linda，我要把Sayun交給妳照顧囉！我接下來要主持下一場的座談會，我們晚上在歡迎晚會上見。傍晚，我請中村研究員開車到民宿接妳們到二風谷溫泉，妳先陪Sayun去泡溫泉。」野本先生很快地轉身走進會場。

在走回民宿的路上，Sayun一直有一股衝動──想要躺在雪堆上做一個「真正的雪天使」。畢竟在台灣，除了合歡山頂，幾乎沒有機會可以這麼貼近銀白而豐厚的積雪。更何況，五年前在東京的旅行社工作，也都一直在匆忙與大聲喧嚷的大陸旅行團中緊張度過每一天。她和Linda併肩走在一片銀白的雪景中，遠處傳來幾聲烏鴉的叫聲。

Sayun穿著Sqoyaw（志佳陽）特有的鮮紅夾織桃紅毛線紋路的泰雅傳統服飾，外面披著一件防雪外套，緩緩在一片雪白的世界中移動。她頭上戴著外婆幫她做的頭飾，「叮鈴、叮鈴」發出清脆的聲響。

「Linda，可不可以先帶我到街上的工藝品店看一看？」

「好啊，沒有問題，我帶妳到一間很特別的藝品店。老闆夫婦是從東京搬到二風谷的雕刻藝術家，他們因為喜歡北海道愛努族的文化，就一直定居在二風谷。」

「午安，高田太太，我帶一位從台灣來的紀錄片導演

Sayun小姐……」

「午安，啊？妳是野本館長的姪女Linda，妳的母親好嗎？我好久沒有看到她回來了。喔，抱歉，Sayun導演妳好，我今天上午有去博物館參加紀錄片的放映會。我對台灣泰雅族的織布很有興趣……我剛才在會場上看到妳穿的傳統衣服非常漂亮……可以再讓我看一下嗎？」

「沒有問題，高田太太。」Sayun脫下防雪外套，然後走近高田太太身邊。

「哇！這個編織技術太細緻了！妳也會織布嗎？Sayun？」

「啊？對不起，我不會織布，因為從小就跟父母親搬到都市生活了。我聽說，高田太太和先生是從東京搬到這裡來的？」

「是啊，我和高田先生剛結婚時，從東京來到北海道蜜月旅行。後來一路從札幌來到二風谷，我們才認識了Linda的舅舅野本先生，他邀請我們住在愛努族的部落裡，並且向我們介紹愛努族的文化和雕刻藝術。當時，我先生突然問我，要不要乾脆住下來學習愛努族的文化？我心想，第一次在二風谷看到滿天的星星，就覺得如果能夠永遠住在這裡該有多幸福。到現在，已經20多年了。」

「哇？真令人羨慕。如果我也可以認識一位愛努族的青

年，應該也會想要嫁到這裡來……」

「啊，我看這樣，乾脆把二風谷博物館的中村研究員介紹給妳，他雖然不是愛努族人，但是，他的靈魂簡直就是愛努族的靈魂。」Linda說到中村的時候，一直默默在一旁專注雕刻的高田先生突然開口。

「喔？中村先生，真的不錯喔！他最近也在向我學習雕刻一些愛努族祭祀用的文物。」田中先生放下雕刻了一半的愛努族食器，加入了三個女人的對話。

「哈哈，既然這樣，我想知道，以前愛努族的男女戀愛，或是結婚是怎樣的呢？」Sayun問Linda。

「以前，都是先由雙親決定對象後訂婚，等到適婚年齡就結婚。但是，如果女方本人不同意，也可以取消。比較特別的是，如果有了喜歡的人，男人就把小刀之類的小道具，送給喜歡的對象，女人則是送出手背的繡套等衣飾或是頭巾。還有，根據傳說故事，也有其他的地區，是女人到了

適婚年齡後，就蓋一棟小屋住在裡面，然後等想求婚的男人過來求婚。小屋裡的女人會煮飯給他吃，男人先吃一半，剩下的一半給女人，如果女人答應他的求婚，就會把那一半吃光。」Linda詳細地向Sayun說明。

「喔？真的非常特別。我看到旁邊的櫃子裡，一根、一根的木棒，削著捲捲的花，那是什麼？」

「這個是愛努族人在進行『iyomante』，也就是送熊靈儀式之舞的時候，插在男人弓箭上的『花矢』……」田中先生起身把它拿給Sayun。

「我今天早上在博物館的展示廳裡有看到。我可以買這一支花矢嗎？」

田中先生皺了一下眉頭，「呃？這個花矢是以前教我做愛努族手工藝的師傅親手做的，所以，我沒有在賣！不過，明天妳到博物館的販賣部，可以買到一模一樣的花矢。那是之前中村研究員向我訂製的，所以應該還可以買得到。」

「哎呀呀，中村先生真是太賢慧了，一定要把他介紹給Sayun小姐。怪不得，每一次我回到二風谷，他就一直到我舅舅家裡來學習製作花矢，我那時候，還以為他在偷偷暗戀我呢……哈哈哈！」

「是啊，如果Sayun小姐喜歡中村先生，就嫁到二風谷，以後還可以教我們泰雅族的織布，哈哈哈……」田中太太也

在旁邊加油添醋。

「哎呀，時間不早了，等一下，Sayun的愛人中村就要到民宿來接我們去二風谷溫泉泡湯囉！」

「Linda，妳們這裡的湯屋是男女一起泡湯的嗎？」Sayun半開玩笑地問。

「如果妳願意，等一下，我叫中村陪妳一起泡湯……哈哈哈。」

Sayun離開藝品店的時候，田中夫婦送她一個用北海道樺樹雕刻的小容器，而她自己也買了一個北海道黑熊和魚鴞的小木雕。她們沿著二風谷唯一的交通要道和商店區走了50公尺，然後轉進一群巨大的樹林裡，這裡，就是屬於愛努族人的聚落。

雖然整個部落的房子都被厚厚的雪遮蓋了，但Sayun還是可以感覺到這些散居在山腳下的房屋，就跟傳統的泰雅族部落一樣，每一戶都有自己的庭院和耕作地。當她和Linda一走進野本先生家的庭院時，Linda突然直挺挺地往後倒向一堆厚厚的雪中。

「啊～」Linda大聲叫著。

「啊～？什麼事？」Sayun嚇了一跳，然後看見躺在雪地上的Linda正在做「雪天使」的動作。

「啊？管他的！原住民沒有在怕的啦！」Sayun心裡這樣

想。她放下背包，跟著Linda一起躺在雪堆上，做一個「真正的泰雅雪天使」。

「啊～哈哈哈……」兩個原住民的女孩大聲地叫、笑著。

「啊、啊、啊！」一隻烏鴉飛過她們的上空，像是在嘲笑這兩個從都市來的「土人」。

天空又開始飄下綿密的雪花。

「啊？下雪了……」Linda大叫著。

「Linda，我發現北海道的雪花，跟東京的雪花不一樣耶？這裡的雪花每一片都是真正的六角形……」

「啊～好甜喔～」Linda張口去接飄落的雪花。

「Linda？妳們在做什麼？快進來吧！小心，不要讓Sayun感冒了！」薰打開民宿的大門，探頭出來叫她們進屋子裡。

一進到屋子裡，馬上有一股暖氣襲上冰凍的臉頰。「呼～屋子裡好暖喔！」Sayun脫下手套、圍巾，再把她五年前在東京買的防雪夾克脫下來。

「哎呀？Linda，我剛剛忘記請妳幫我拍照了。我答應原住民電視台的同事，要傳一張我在北海道做『雪天使』的照片給他們嫉妒。」

「沒關係，我明天再幫妳拍一張。等一下，那個……

妳的愛人就會過來接我們去溫泉會館喔！妳要不要先休息一下？他到了，我再叫妳。」

「喔？Sayun才來北海道第二天，就已經有男朋友了？」薰故意消遣她的外甥女。

「就是博物館的帥哥中村啦！我要把他介紹給Sayun，等她嫁到二風谷，就可以幫我們拍紀錄片了。」

「咦？中村先生？他不是一直偷偷暗戀妳嗎？Linda？」

「算了，我還是等台灣的泰雅族帥哥來娶我，這樣我就可以學會泰雅族的織布。Sayun，我們來交換好不好？」

「哈哈哈……真的嗎？好啊，我是說，我有一個表弟很帥喔，我把他介紹給你。」

「好啊，好啊。他有Facebook嗎？我想趕快加他當朋友……」

Sayun回到房間後，先換下泰雅族的傳統服，再披上薰為她準備的日式浴衣。她從鏡子裡看著自己穿浴衣的樣子，突然覺得好好笑——她以前在東京工作時，接觸到的日本人都非常壓抑；至於帶隊出團遇到的中國大陸觀光客，又是另外一種在國外極端失控的民族。

今天，她遇到從東京來的Linda，看到她回到Nibutani（二風谷）的無拘無束，就像看到自己從台北回到Sqoyaw（志佳陽）的樣子，可以完完全全地放鬆和自由自在，不必

理會旁人的眼光。

「啊、啊、啊！」窗外的圍牆上，一隻烏鴉在叫。Sayun輕輕推開房間的拉門，丟了一塊昨天中午從台灣帶來的「御飯糰」到雪地上，「啊、啊、啊！」烏鴉振翅飛到樹枝上。Sayun等了一會兒，整個房間立刻灌滿冷冽的空氣。她關上門後，室內溫度又慢慢回升到32度。

「哎？這個室內的溫度就跟台灣的夏天一樣熱呢！只是，北海道的烏鴉難道也都這麼有禮貌嗎？怎麼不吃我丟的飯糰？」Sayun透過窗戶看到一塊孤獨的御飯糰躺在雪白的庭院裡，她心裡納悶著，烏鴉為什麼不肯飛下來吃。

「叭、叭！」一輛博物館的公務車停在民宿門外按喇叭。

「扣、扣、扣！」Linda在房間外面敲門，「Sayun，妳的愛人來囉！」

Sayun原本昨天晚上看到中村時，就連坐在他的正對面吃牛排，都還可以談笑自若。現在，一跟著Linda起鬨，她看到一臉老實樣子的中村，反而開始有點不自在。

「中村先生，你今天可以陪Sayun一起泡湯喔！因為，我要把你介紹給她，這樣，她才會把他的表弟，也就是泰雅族的帥哥介紹給我，哈哈哈……」

「喔？不會吧？Linda，妳一定在開玩笑吧！」

「二風谷溫泉，真的是男女一起泡湯嗎？」Sayun開始有點緊張了。

「沒有啦，一定又是Linda在亂說……」

「哼？那我去年從東京帶女同學來這裡度假時，是誰一直跟著我的表哥健一說要陪她們一起泡湯啊？」

「啊哈哈，那是開玩笑的啦！」

一說到表哥健一，Linda突然故作神祕，用手掌圈著嘴巴，靠在Sayun的耳朵旁邊壓低聲音說：「我告訴妳喔……我的表哥說啊，中村的那個很大喔……」「啊哈哈哈！」她又突然放開聲音在後座大笑。中村大概猜出這個頑皮的愛努族女孩又在消遣他，乾脆不回應，繼續專注地開車。

10分鐘之後，汽車爬上一個小坡，他們停在一棟建築物前。Sayun看到大門上有一塊招牌寫著「平取溫泉」。一走進大門，她就看見許多剛泡完溫泉的老人輕聲地坐在大廳裡下棋、聊天。她注意到一個特別的景象，那就是每一個泡完溫泉的人，都會走到櫃台去買一瓶冰牛奶來喝。那個牛奶瓶子，跟在台灣的傳統早餐店裡賣的一模一樣。Sayun也想著要在泡完湯之後，喝一瓶北海道的鮮奶。

二風谷愛努民族博物館的歡迎晚宴，由副館長、野本先生、中村研究員、Linda以及薰一起招待從台灣來的Sayun。副

館長特別請餐廳準備平取町的「和牛壽喜燒鍋」，席間他們唱了愛努族的歌謠，而Sayun也唱了兩首泰雅族的歌謠。在晚宴結束前，博物館的副館長起身向Sayun致謝：

「謹代表二風谷愛努民族博物館全體向Sayun小姐致謝，因為妳從台灣帶來了優秀的記錄影像，讓我們對彼此的文化有更深入的了解，也帶給我們愛努族的青年一個值得學習的模範。

「兩年多前，野本助理研究員帶著我們的青年到台灣研習，期間承蒙台灣原住民朋友的照顧，讓他們學習到很多珍貴的文化與經驗。我們期待，將來彼此還會有更多的文化交流與學習。我們一起舉杯，祝福Sayun小姐。乾杯！」

「乾杯！」大家齊聲舉杯祝福。

Sayun從北海道回到台灣後，立刻上網報名參加2015年山形國際紀錄片雙年影展。幸運地，《羅葉尾溪的美麗與哀愁》和其他17部紀錄片共同入圍「亞洲新勢力獎」（New Asia Currents）。10月，她又要代表台灣的原住民去參加比賽了。

「希望這一次，可以在山形縣遇見一位優秀的青年紀錄片導演，如果是愛努族的導演，我應該會認真考慮嫁給他！」Sayun在寫給Linda的email裡這樣寫著。

NYux
SPI awa'
Atayal
1 9 3 5

第 三 章
Mewas 美娃思

「Tayal Neban（泰雅‧聶凡）是我的名字，我來自宜蘭縣大同鄉南山部落，泰雅族的傳統名稱叫做Pyanan（比亞南），意思就是『已經煮好了』，我們煮好了很多好吃的食物歡迎大家來作客，我代表世新大學的原住民學生歡迎大家。lokah ta kwara！（泰雅族語：大家好！）irang karap te！（愛努族語：你好！）」

從小出生在日本東京的Tayal Neban，一直到國中畢業，才被父母親接回台灣。他因為非常喜歡畫畫，因此從淡江中學畢業後，就直接申請就讀世新大學原住民專班動畫設計組。

2016年3月，22位北海道札幌大學愛努民族的學生，由副校長本田優子博士和一位曾經在台灣宣教的二宮一朗牧師率隊，來到台灣進行海外文化研習。其中一位男生野本健一，他是北海道二風谷愛努民族博物館副館長的兒子，現在也是札幌大學副校長的研究助理。他們這一趟的海外文化見習最後一站，來到台北世新大學的數位多媒體設計學系「原住民專班動畫設計組」進行交流。

在交流會一開始，Tayal Iban先用流利的日語致詞，之後二宮一朗牧師再邀請札幌大學的愛努族學生代表上台。

「大家好，我是野本健一，我來自北海道的二風谷，我從小就跟著父母親學習愛努族的文化。這是我第二次來到

台灣，請多多指教。接下來，我要吹奏愛努族的傳統樂器『mukkuri』（口簧琴）……」

「Tayal學長，等一下換你上台吹『lubu』！（口簧琴）你不要輸給他喔……」從司馬庫斯部落來的Palang，羨慕地看著台上的野本健一身穿愛努族傳統服，非常有自信地吹奏口簧琴，然後，他轉身給四年級的Tayal學長打氣。

像Palang這樣從小就住在都市，或者跟父母親、祖父母離開原鄉搬到都會地區的原住民學生，在世新大學原住民專班大概占了一半以上，且他們大多數也都不太會說自己的母語。

「原住民沒有在怕的啦！」Tayal右手握拳輕捶左胸口兩下，就穿著曾外祖母Yabung親手編織的tzyu'（泰雅族披肩），走上台去吹奏跟父親Iban學來的三簧片口簧琴。

「我今天穿的tzyu'，是我的曾外祖母Yabung Pawan在100年前織的布。據說，100年前，她在故鄉Pyanan（比亞南）曾經愛上了一個從日本來的年輕人，他們是那種一見鍾情的戀愛。不過，以前Tayal的Gaga（規範）很嚴格，所以他們沒有牽手也沒有親嘴喔。第二天，那個日本年輕人本來要到Yabung Pawan的家，但是因為要趕路，所以就匆匆忙忙離開，最後只拍了一張合照。我的曾外祖母後來一直等他從日本寄照片回來，等了一年都沒有等到，她很傷心，每天、每

天織布，後來我的祖父Takun，三番兩次和家人從Sqoyaw（志佳陽）來向她提親，她最後才答應嫁到志佳陽。」

等隨行翻譯的二宮一朗牧師翻譯完畢，Tayal從腰間的一個小竹筒取出中間嵌了三片黃銅的泰雅口簧琴，「這是泰雅族的三簧片口簧琴，我要先吹奏一首工作歌以及打獵歌……」

「太厲害了，一支口簧可以吹奏三個音符……」

「好厲害啊！」

「應該很難學吧？同時要控制三個簧片的角度、吹換氣……」

台下的愛努族學生，包括世新大學的其他原住民學生，全都看得入神。Tayal的這項吹奏技巧，大概只學了一個月，就吹得跟他父親Iban一樣好。Tayal現在不僅能夠吹奏三簧琴，同時還會製作三簧片的口簧琴，「接下來，我要演唱一首泰雅族的情歌，思念。」

swa' iyal inlungan niya	她的心呀
rangi maku qasa la wey	我心上的那個友人啊
giwan balay nyux si say nanu	我的心彷彿糾結著難以形容
rangi maku qasa la wey	我心上的那個友人啊

ana balay	就算這樣
ana balay ki	就算是這樣
nyux mswa' iyal lungan mu	可我的心哪 該怎麼說啊
giwan balay nyux si say nanu	我的心彷彿糾結著難以形容
rangi maku qasa la wey	我心上的那個友人啊
swa' iyal inlungan niya	她的心呀
rangi maku qasa la wey	我心上的那個友人啊
giwan balay nyux si say nanu	我的心彷彿糾結著難以形容
rangi maku qasa~~ la wey	我心上的那個友人啊

　　當Tayal穿著泰雅族的傳統服裝走下台，一群愛努族的女學生紛紛走上前去要求合照。Tayal開心地笑著，而大家紛紛比出各式各樣的手勢。然後，開始互相加Facebook、LINE，把剛剛拍完的合照上傳、分享給彼此。

　　在交流活動最後，野本健一走到二宮一朗牧師旁邊說悄悄話。接著，二宮牧師拿起麥克風說：

　　「同學們，請等一下！我們最後要再邀請大家圍成一個圓圈。愛努族的學生們，要帶著大家跳一支愛努族的傳統舞蹈『iyomante』——送熊靈的舞。我要特別地介紹，這個舞蹈的意思就是，愛努族人把飼養一段時間的熊，送回神國的儀

式。這個跟你們台灣的泰雅族人，把櫻花鉤吻鮭的魚苗送回他們的故鄉，精神上是一樣的。但是，我們愛努族人認為，神靈是藉由萬物的形體來到人間，其中也包括熊的身體。因為，熊一般會在冬眠的季節生孩子，所以，愛努族人捕獲母熊的話，有時候旁邊會帶小熊。他們把這個小熊當作神來飼養一、兩年後，為牠舉行送靈儀式，這就是為了感謝神靈賜予熊的肉體和皮毛給愛努族人。

「『iyomante』是送靈儀式中特別重要的，別的村落的人也會來參加，所以這一個儀式也有加強團結的效果。除了熊的『iyomante』以外，還有貓頭鷹的『iyomante』，希望以後台灣也有櫻花鉤吻鮭的『iyomante』……哈哈哈，最後是開玩笑的！」

「喝！」帶隊的野本健一吆喝一聲！

男生、女生面向圓心，開始繞著圈子，拍手、唱歌。他們發出鶴的叫聲，甚至把熊、狐狸、貓頭鷹、大海裡的逆戟鯨，一一以肢體動作展現。男生們跳到一半，抽出繫在腰間的的長刀，把刀刃面向自己來回伸向圓心，表達愛努族人與大自然和諧相處的天性。

擔任文化交流全程口譯的二宮一朗牧師來自神戶，他跟大島正滿的父親大島正健一樣，都是日本的基督教牧師。他在1987年，由日本耶穌基督教團派任到台灣基督長老教會擔

任宣教師；他先在「國語日報社」學習中文，1988年4月，他回到日本娶了故鄉在北海道的二宮友子小姐。

1988年7月，二宮牧師夫婦被派往位在新竹的台灣基督長老教會聖經學院，擔任專任教師。在這六年當中，他接觸到了台灣原住民族的歷史、文化的困境，以及都市原住民的遭遇。他的兩個女兒，都是在台灣出生、念小學，甚至到現在都認同自己是台灣人。

1994年8月1日，台北市東門教會為了推動都市原住民的宣教事工，便推薦他進駐東門教會，展開原住民聚會的籌備工作，並負責向台北都會地區的原住民宣教。

2002年8月，二宮一朗牧師回到日本千葉縣繼續牧會，許多與他建立深厚友誼的原住民朋友都非常捨不得。但是他在回國期間，還是經常帶領北海道的愛努族人到台灣原住民部落參訪與學習。

2016年3月，北海道札幌大學愛努民族學生社團（urespa club）的海外研習，再度邀請已經轉任函館市中央教會的二宮一朗牧師擔任翻譯。

二宮一朗牧師早在半年前，就先透過email，請Sayun協助聯絡世新大學原住民專班的參訪行程，他還很抱歉地告訴她，因為搭乘直飛的包機，所以，沒有辦法再帶學生參訪台中的志佳陽部落。他們的行程會從花蓮機場入境，然後一路

從台東往南繞到屏東，最後返回台北，再從桃園機場搭機回到北海道。

而Sayun也回信告訴二宮牧師一個消息，那就是她向原住民族委員會申請的「出國短期進修計畫」通過了。所以，她可能無法親自接待這一次來到台灣見習的愛努族青年。

「Sayun，恭喜妳，聽說妳要到英國愛丁堡去進修。我會為妳禱告，希望妳將來還會有更優秀的藝術作品。」二宮牧師在出發前一個星期打電話給Sayun，主要也是想轉達，去年底已經升任二風谷愛努民族博物館副館長的野本先生希望她能幫一個忙。

「啊？真的要恭喜野本先生，他現在升任副館長啦？太棒了！」

「我打電話來的目的就是要幫他向妳請教，有沒有認識的親戚住在宜蘭的比亞南（Pyanan）？妳記得野本先生的外甥女Linda嗎？」

「我記得啊，偶爾還會在Facebook問候她。她不是今年就要從東京藝大畢業了？」

「對！她去年8月回到二風谷拍攝愛努族的『Chipusanke』，後來獲得學校的推薦，報名了2017年的山形國際紀錄片影展。她告訴野本先生說，因為受到妳的鼓勵，她決定親自到台灣宜蘭的Pyanan（比亞南部落），看泰雅族

人在羅葉尾溪保育櫻花鉤吻鮭的情形。」

「太棒了！她打算什麼時候來台灣？」

「聽說是今年暑假，等她考完研究所之後。」

「喔？Linda要考研究所？」

「好像是……東京藝大映像研究所的……動畫專攻？」

「喔，animation，動畫研究所？正好，我的一位表弟也是學動畫的，他好像也是今年要從世新大學原住民專班動畫組畢業喔，他的老家就在宜蘭比亞南。」

2016年12月21日，Linda一個人從東京來到台灣。她打算利用學校的新年假期，到宜蘭的比亞南部落過泰雅族的聖誕節。出發前，她打電話給Sayun的表弟Tayal Neban。他們約好中午12:00在台北車站的大廳碰面。去年，透過Sayun的介紹，他們已經互相加臉書（Facebook）成為好友。

Linda的班機比預定的時間晚半個小時抵達桃園。她一出海關，就搭上往桃園高鐵車站的接駁車。雖然，野本舅舅告訴她可以直接搭國光客運到台北車站，但她還是想試一試台灣高鐵跟日本高鐵有什麼不同。結果一上車，15分鐘後，列車就開進了地下隧道。

「啊？這麼快？我都還沒看到沿路的風景呢！」列車停靠在板橋車站，不久又繼續往前開。五分鐘後聽到了車廂廣播：「台北、台北站到了……」

「啊？台北這麼快就到了？」她起身走到車廂門口旁邊的行李架拉出一個大背包，準備下車。

「哇！好多人啊！」Linda一走進台北車站大廳，就被眼前的景象嚇了一跳。一棵巨大的聖誕樹矗立在大廳另一端，車站大廳的時鐘指著12:12。

We wish you a Merry Christmas.
We wish you a Merry Christmas.
We wish you a Merry Christmas.
And a happy New Year.

一列電動迷你火車，載著四、五個小朋友圍繞著聖誕樹，不斷播放聖誕節的音樂。

「哎！希望我這次沒有回二風谷和家人過聖誕節，不會有太大的失落。比亞南部落，我來囉！」Linda直覺地想走到對面的聖誕樹前面找Tayal Neban，正想著要找人時，她的手機鈴聲就響起來了。

「嗨！Tayal，我到了。你在哪裡？」

「我在車站大廳裡，妳有沒有看到一棵很大的聖誕樹？」

「有啊，我現在就站在聖誕樹下。」

「喔～？是戴黃色棒球帽、背一個超大登山背包的？」

「對！對！是我。」

Tayal悄悄走到Linda背後，然後拍拍她的肩膀，「嗨，Linda！我在這裡。」

「啊？對不起，我遲到了。」

「沒有問題，我們剛才在宜蘭的雪山隧道也有一點塞車。今天是我的姊夫開車載我下山的。不過，他還要先趕回宜蘭接姊姊下班，所以我們要自己轉搭巴士到羅東。來吧！我幫妳背背包，我們先去吃午餐。」

「喔，我可以，我可以自己背。」Linda堅持不讓Tayal幫忙背行李。他們接著又走回車站地下室，穿過一條熱鬧的禮品販賣區，走進另一棟商場大樓的美食街。

「妳什麼都吃嗎？我是說⋯⋯像臭豆腐、小籠包⋯⋯」

「呃？臭豆腐？我不敢，其他的我都可以，簡單地吃，其實，還有一點飽。我在飛機上吃了很多，因為一想到要來台灣，就非常興奮。哈哈哈⋯⋯」

這是Linda從下飛機之後，第一次開心地笑。Tayal很貼心地帶她走向鼎泰豐餐館的劃位台前，「今天的午餐，是我的表姊Sayun請客喔！她現在人在英國的愛丁堡進行短期進修，要到明年1月才會回到台灣。她說，謝謝妳去年幫她介紹一個男朋友，雖然沒有成功⋯⋯」

「啊哈哈哈……Sayun真的這樣說嗎？哈哈哈！」Linda這一次笑得更大聲了。

「Linda，you are so lucky！」（超幸運的！）「現在正好有兩個人的位置……」

「我在網路上看過鼎泰豐小籠包的介紹，這是一家米其林一星級的台灣小吃店……」

「哎？不愧是東京藝大的才女，連台灣美食都做了一番研究。」

「哈哈哈……我對研究泰雅族的帥哥比較有興趣，哈哈哈！」

「哈哈，很高興，看來妳的愛努族靈魂，跟到台灣來了。」

「哈哈哈哈……說到愛努族的靈魂，你表姊的男朋友，中村先生還一直在二風谷痴痴地等她回來喔……哈哈哈。」

「原來，Sayun說的交換禮物是……我喔？嗯，我要先考慮一下！」

「哈哈……慢慢來，等我先學會泰雅族的織布你再考慮！」

「這樣，會不會有更多愛努族的帥哥來競爭？」

「放心，Tayal族的『Tayal』絕對排第一個。哈哈……」

「點菜、點菜，不要客氣喔，這是Sayun表姊請客的，我

們不要辜負她……」

　　Linda在兩年前準備繼續考研究所時，一度因為壓力太大引發憂鬱症而割腕自殺。她和父母之間的關係愈來愈緊張，她的舅舅野本卻一直鼓勵她回到出生的地方──二風谷，尋找一個生命的出口。直到去年，她遇到了泰雅族的紀錄片導演Sayun，從她的紀錄片裡，她找到了答案。

　　她原本對於擔任電影導演有著無比的期待，但是，她發現，如果連對自己的生命故事都失去了探索的能力，就會像Sayun的紀錄片裡那些羅葉尾溪的櫻花鉤吻鮭，或者是平取町沙流川上游的鮭魚一樣，永遠失去了降海洄游的能力。

　　「啊？我怎麼能夠一直欺騙自己，把自己封閉在一個自認為安全的生態圈裡呢？」她低頭看著右手腕上一道瑰紅色的新疤痕，她的眼睛突然變得愈來愈模糊……，瑰紅色的疤痕變成了一隻櫻花鉤吻鮭的魚苗，一直想努力掙扎想洄游到她的手掌心裡。

　　有一天，Linda從台灣雪霸國家公園的網站裡，讀到一段生態小檔案：

　　台灣櫻花鉤吻鮭（*Oncorhynchus masou formosanus*）

　　　　台灣特有亞種，屬於冰河時期子遺生物，數量

已瀕臨絕種。由於受到幾次冰河交替期，地殼變動改變地形後，導致鮭魚無法洄游，漸漸演化為陸封型鮭魚。

現在，Linda正坐在開往羅東的「噶瑪蘭」客運車上，車行20分鐘，就開始遠離城市的喧囂，車窗外的原始森林裡，偶爾點綴幾戶農家和一塊、一塊階梯式的茶園。車行陸續穿越幾座長短不一的隧道，一會兒陽光、一會兒燈光、一會兒陽光、一會兒燈光……

她開始感到眼皮愈來愈沉重，於是下意識地看了一眼旁邊的Tayal，只見他雙手插在胸前，斜著頭、嘴半開地熟睡著。她長長嘆了一口氣，就安心地閉上眼睛。

「咿喔、咿喔……」一部救護車緊跟在客車後方，客車因而切入慢車道，讓救護車先行。

「咿喔、咿喔……」救護車的聲音愈來愈遠。

「難道，我就這樣放棄了嗎？還是該勇敢地找尋另一個出口呢？」Linda看著右手腕流出的鮮血，不斷染紅包覆在外層的白毛巾。二風谷水庫沿岸的樺樹不斷快速往後退。20分鐘前，她還在中村研究員的辦公室，愉快地討論她拍攝的紀錄片要怎樣加上動畫，才能夠呈現鮭魚返鄉洄游到二風谷的愛努族聖地。

「如果當時不通過水庫的興建計畫，我們的祭典和鮭魚洄游產卵的畫面，一定可以原始地呈現。」Linda看著自己完成的影片，覺得總是在一個地方遇到了瓶頸。即使這一部影片已經獲得畢業製作的紀錄片大賞，甚至也通過東京藝大的推薦，參加2017山形國際紀錄片影展。

　　「中村先生，你覺得我如果再加一些動畫……」

　　「我覺得不必再加了，這一部影片已經造成我很大的困擾。北海道廳那裡的長官要我寫一份報告，交代為什麼要贊助一部，再度挑起北海道開發局和愛努民族舊恩怨的紀錄片？」

　　「可是，這是真實的歷史啊？」

　　「對不起，除非妳更改影片裡面的部分內容，否則，我們不能簽署使用舊照片和影音資料的同意授權書……」

　　「你說什麼？」

　　「除非，妳同意把有爭議性的部分剪掉……」

　　「不可能，我絕對不可能更改原作！」

　　「那麼，分手吧！畢竟，我有我的為難之處……」

　　「你說分手？好，這就是我的決心……」Linda抓起中村桌上一把剛剛雕刻完成的愛努族短匕首……那是他剛才送給Linda的定情之物。

　　「Linda，不可以……」

「咿喔、咿喔……」15分鐘後，一輛從平取町健保醫院開過來的救護車，直接把Linda送往千歲市民醫院的急診室，中村則陪在救護車後座默默流淚。

　　「Ken，你可以來一趟千歲市民醫院嗎？Linda剛剛用刀劃傷自己的手腕……」

　　「中村，你這個混蛋……我早就跟你說過，我表妹的個性很強烈，你到底做了什麼？」

　　「……現在，傷口已經止血了，正在打點滴。可是她不願意跟我說話，也不願意看我一眼……我不知道該怎麼辦？」

　　「中村，我絕對不會饒了你……」

　　「唰！」一聲，像是有人用力拉開病床的拉簾，噪音急速降低分貝。一道強光射進玻璃窗，Linda被這一道光束驚醒，才發現噶瑪蘭客運通過雪山隧道來到了宜蘭。

　　「啊？我睡多久了？這裡是宜蘭平原嗎？」她開口問Tayal。

　　「剛剛的雪山隧道，有12.9公里，妳剛剛睡了12分鐘又21秒，不包括打呼的10

分鐘！」

「啊哈哈……你騙人！我怎麼可能打呼？」

「……騙妳的！不過，妳剛剛做夢時，有哭喔！」

「……這裡以前是噶瑪蘭族的居住地嗎？」Linda岔開話題，「那麼，泰雅族的Pyanan（比亞南）在哪一個方向？」

「前面那一條河是蘭陽溪，妳往西南邊的方向看，最遠的深山就是我的故鄉Pyanan（比亞南），再更上去一點，就是Sqoyaw（志佳陽）……」

「那麼，以前從羅東到太平山的森林小火車還在嗎？」

「那個，早就已經停駛了，現在在太平山森林遊樂區保留一小段鐵道還在行駛，但那只是給觀光客緬懷歷史用的。」

「我看過大島正滿寫的《泰雅在招手》，他們是在1935年的7月18日從羅東搭乘運柴的小火車到土場，然後再徒步走到比亞南。」

「哇？果然是東京藝大的高材生喔，事前做過很多研究，我聽表姊說，妳剛剛考上研究所？」

「我很感謝Sayun，是她給我信心，讓我願意真正面對自己的族群認同。從小，我其實是很自卑的。但是，只要回到二風谷，看到舅舅、舅媽他們一直努力傳承文化，我又覺得很慚愧。一直到上大學，我雖然表面上很認同自己的愛努族

文化，但是一回到有高度「國民國家」（nation-state）社會意識的東京，我的「愛努民族意識」就會完全瓦解……」

「其實，這跟台灣原住民族的命運一樣啊。Linda可能不知道，我也是在東京出生的喔。」

「啊？怪不得，你的日語講得這麼好。」

「那時候，我父親在東京大學攻讀博士，母親為了陪伴照顧他，挺著大肚子來到東京。我出生的時候，他為了叫我不要忘記自己的根源，所以把我取名叫Tayal。後來他因為工作的關係，和母親先回到台灣，然後就把我交給嫁到東京的大姑媽照顧。我是到了念高中，才回到台灣跟父母親一起住。剛回來台灣時有點不習慣，因為很熱，不過，我很快就適應了。最不適應的還是回到台灣就受到漢人同學們的歧視。不過，我從小就知道我的故鄉在台灣宜蘭，我是『Tayal』，啊，是說，泰雅族。所以，當我一回到比亞南，就拚命學習自己的文化、語言。說起來，也很奇怪，只要一回到宜蘭，我身體裡的每一個細胞，全部都會立刻張開大口深呼吸～」

「啊？我現在明白了……，你們真的是很強韌的民族。不像我的祖先，在過去面對和人的壓迫和同化之下，只能極力隱藏身分，避免遭受到歧視。其實，我是說自己啦，自己到了大學，還是這樣。我的外表，在東京會自動黯然褪色，

等回到二風谷，才又會現出自信的色彩。我就是一直生活在這樣交互矛盾的『生態圈』裡。

「我記得小時候，母親告訴我說，我們愛努族的信仰認為，萬物都是神靈。神在神的國度，長相和生活方式跟人差不多。但是，神來到人間的時候就要變身，熊神變成熊的外型、狐狸神變成狐狸的外型，樹神變成樹的外型……」

「啊？狐狸神？哈哈哈，這不就是中國人說的狐狸精？」

「狐狸精？是什麼？」

「就是……新宿歌舞伎町裡的那些女孩啊……」

「啊？哈哈……，亂說！」

「不過，我雖然從小在東京長大，但我的日本同學，頂多把我當作從外國來的『台灣人』。當我回到台灣，我的同學就會把我當作從山上來的『原住民』對待！」

「這就是『弱肉強食』的定律吧！它一直在每一個民族的生活領域反覆上演──強勢的民族為了達到統治的目的，制定各種遊戲規則，干擾了和諧的生態系。像台灣的政府，非常了解藉由原住民族的文化來強調島嶼的獨特性，才能突顯自己與中國大陸的不同。但是，我們愛努民族恢復主權，對日本政府好像也沒有什麼好處？」

「哈哈哈……你是說，『小英』總統嗎？我們的羅葉

尾溪也有很多『小櫻』喔，我一定要帶妳去看我們的『小櫻』。喔，羅東到了，我們要準備下車了。我先打電話給我的姊夫，要請他等一下到羅東後火車站來接我們。」

Tayal的姊夫是住在三星的閩南人，他的名字就叫「漢民」，他在兩年前娶了Tayal的姊姊Ciwas。Linda一看到他，就覺得他的輪廓跟泰雅族人很像。

「我不是啦，我的祖先都是從大陸來的……」

「Linda小姐，妳沒有原住民的名字嗎？我是說，愛努族的名字？」Tayal的姊姊Ciwas好奇地問。

「我原本的名字是香織（Kaori），但是我一直不喜歡，因為跟我的外表不像。我上了大學，就一直叫Linda到現在……」

「Kaori，很可愛啊！這是日本名字吧？」

「對！我也覺得很土……哈哈哈」

「啊？哈哈哈，我沒有說很土喔……不然，妳回到比亞南，我請我奶奶幫妳娶一個泰雅族名字。」

「好啊！太棒了！」Linda注意到，坐在她旁邊的Ciwas在左手臂上刺著漂亮的圖騰。「Ciwas，妳手臂上的是刺青嗎？很漂亮。」

「喔，這是紋身貼紙，妳喜歡嗎？我送妳幾張。」

「不是、不是，我從小就很喜歡畫畫。我後來決定轉

念動畫研究所，也是因為無法忘懷最愛的繪畫。看到這個貼紙，會讓我想到泰雅族人的紋面，跟愛努族的婦女一樣。但是，後來都被禁止……」

「對啊！日本人禁止泰雅族紋面，破壞我們的文化……，喔，我是說，以前的日本人啦！哈哈哈……Linda是愛努族，沒關係！」

「哎呦，漢民，你開車開慢一點啦，後面的人坐得很不舒服耶。」Ciwas發現Linda好像有一點暈車，輕輕拍了一下先生的頭。

「喔，好，可是等一下，Tayal不是還要跟我們一起下山？」

「哈？Tayal，你等一下還要回台北喔？那Linda一個人怎麼辦？」

「沒辦法，我明天一大早要幫爸爸發表一篇調查報告——就是我剛退伍回來，陪他一起進行的Pyanan（比亞南）部落地圖的調查結果。他現在為了那些『小櫻』，天天往羅葉尾溪跑，連媽媽都在吃醋了！」

「喔，對不起，Linda，我忘了告訴妳一件事。」Tayal又轉換日語。

「咦？怎麼了？」

「等一下回到比亞南之後，我會把妳一個人交給我的媽

媽，然後我們三個人都要再立刻下山，因為Ciwas六點鐘要接晚班的工作，我也要回到台北參加兩天的研討會⋯⋯抱歉啊！」

「啊？千萬別這麼說，是我帶給大家麻煩⋯⋯」

「不、不，妳放心，我的奶奶會說日語，媽媽也會照顧妳。我因為父親臨時接到雪霸國家公園的通知，必須以計畫主持人的身分到苗栗的總管理處開會。沒辦法，每一年到了年底，就會有很多計畫趕著結案。」

一回到比亞南，Tayal把Linda和登山背包放下車，就先衝到洗手間。Linda轉身，看見一棟嶄新的洋房坐落在一片翠綠的菜田旁。聽到汽車引擎聲，Tayal的媽媽Rimuy從廚房側門走出來。她疑惑地看著坐在車裡的女兒和女婿，不解為何車外面站著一個表情局促不安的的日本小姐。

「不對，她是北海道來的愛努族小姐！」Rimuy心裡想。

「怎麼了？漢民？你和Ciwas不留下來一起吃晚餐嗎？我剛剛已經殺了一隻土雞！」Ciwas的媽媽Rimuy走過來，看著女婿和女兒都不打算下車，一副準備要直接衝下山的樣子。

「Ciwas，你弟弟Tayal呢？」她問Ciwas時，Tayal匆忙從洗手間裡衝出來。

「啊，媽媽，這是從北海道來的Linda，就是志佳陽的Sayun表姊說的愛努族朋友。我現在，要跟姊姊、姊夫先下山

了。妳和奶奶先陪她⋯⋯」Tayal匆忙介紹客人後，就直接跳進車後座。

「什麼？Tayal，你今天也要下山？那，這個日本小姐怎麼辦？」

「她不是日本小姐，她是日本的愛努族小姐！妳叫Yaki Iwan（奶奶）先陪她聊天，我後天就回來！Sayonara～sgayayta la～」

Linda很快地走近Rimuy媽媽，然後用一副平時「向家人道別」的姿態面帶笑容說：「sayonara～」。

「她現在看起來其實也有愛努族人的強韌生存能力呢，一秒鐘就變成了Pyanan的家人。」Tayal從後照鏡裡，看到Linda和媽媽手牽著手走進廚房。

「叮咚！叮咚！」Tayal手機的Line發出鈴聲，晚上11:25。Linda傳了兩個訊息。他打開一看，就笑了。Linda戴著大姑媽從東京寄給奶奶的毛線帽拍照，她還坐在Yaki Iwan（奶奶）旁邊烤火。

（Line訊息）

Linda（貼圖：手舉OKAY！牌子的小兔）下午11:25

（照片：Linda坐在奶奶旁邊，手指比「ya」）

Tayal（貼圖：驚嚇與冒4滴汗的饅頭男）下午11:26

「是櫻桃小丸子和奶奶嗎？」

Linda（貼圖：頭戴花朵和3顆愛心的饅頭女）下午11:27

「幸福！老奶奶超愛我……」

Tayal（貼圖：比大拇指的饅頭男）下午11:28

「享受第一個泰雅的夜晚！」

Linda（貼圖：兩眼冒愛心，說I LOVE YOU的兔女孩）
下午11:28

「抱歉！按錯了！」

Linda（貼圖：扮鬼臉的饅頭男）下午11:29

「晚安！Tayal！」

Tayal（貼圖：鼻孔冒泡、流口水的瞌睡饅頭男）下午
11:30

「晚安，愛努族公主！」

12月23日，Tayal參加的研討活動一結束，就匆匆趕回
Pyanan。這兩天，他天天從臉書、Line上面看到Linda在部落
串門子、喝咖啡、到小學教室裡教泰雅族小朋友畫畫，還和
一個酒醉、穿雨鞋的泰雅大叔，闖進天主堂婦女會排練聖誕
晚會的舞蹈隊伍中。當她傳來影音訊息，他突然在嚴肅的研
討會議中發出笑聲。

Tayal一走出羅東火車站，就看到下山修理貨車的Harason（哈路松）表哥等在車站外面。

　　「哇！Tayal，你的女朋友Linda，這兩天在部落受到熱烈的歡迎給！尤其是小朋友，一放學就去你們家找她玩。」哈路松一看到Tayal就馬上報告這兩天發生的事。

　　「她不是我的女朋友給～！我都有在Line上面看到，她怎麼會和Umaw（五茂）跑去天主堂婦女會排練的地方搗蛋？」

　　「就你爸爸啊，他昨天一從苗栗回來，就高興地跟Linda喝高粱，哇！還乾杯給！他們！你爸爸還說要把她留下來當媳婦。他自己都差點喝醉了，還打電話叫Umaw（五茂）來……」

　　「啊該！Haluson（哈路松）表哥，Linda不是我的女朋友，我才認識她兩天給。她是Sqoyaw（志佳陽）Sayun表姊的朋友。啊～好累喔，這兩天都沒睡好，我被分配到的室友打呼很大聲，我先睡一下。」其實，這兩天，Tayal和Linda都在Line上面聊天聊到半夜。

　　他們兩人簡直一見如故，一打開Line就可以從北海道聊到比亞南，連Linda手腕上瑰紅色的傷疤，他都知道是「情傷」。但他不知道的是——Linda這一次其實是離家出走，她來到台灣，唯一知道的人是Nomoto（野本）舅舅。因為，是

他拜託二宮一朗牧師找Sayun幫忙照顧Linda。

Linda「不慎割傷」手腕的事件，發生在暑假期間。後來，被野本先生壓下來了。他向北海道廳承諾，Linda的紀錄片一定會平衡報導，同時，Linda也會前往台灣，記錄泰雅族人守護櫻花鉤吻鮭的情形，之後，會再把兩個民族的文化融入影片中做介紹。而且，目前在台灣，有一位叫做Tayal的數位多媒體設計科系泰雅族學生，已經答應幫忙Linda製作動畫了。

Tayal從台北趕回到比亞南已經是晚上11:00，掛在廚房門外的溫度計顯示5度。他剛剛在哈路松表哥的車上聽廣播，氣象預報說明天會有一波大陸冷氣團南下，因此合歡山有可能會下雪。他走進客廳，從門縫地板看到睡在姊姊Ciwas房間的Linda還沒有關燈。他一回到房間就傳一個簡訊給她。

（Line訊息）

Tayal（貼圖：穿西裝匆忙奔跑的熊大）下午11:03

「我回來囉！會冷嗎？」

Linda（貼圖：熊大親吻小兔）下午11:04

「辛苦了！很熱！」

Tayal（貼圖：熊大親吻小兔）下午11:05

「明天是聖誕夜，要怎樣慶祝？」

Linda（貼圖：熊大開車載小兔）下午11:06

「去看『小櫻』！」

Linda（貼圖：眼眶泛淚、雙手懇求的小兔）11:06

「拜託！」

Tayal（貼圖：豎起大拇指的饅頭男）下午11:07

「沒問題！」

　　第二天清晨，整個比亞南籠罩在濃霧中，前方視線的距離只有5公尺。早上6點，Tayal從廚房側門走出去，他們一家人幾乎都把這個正對著廣場和馬路的門當作出入口。「糟糕，霧這麼濃！怎麼開車上比亞南鞍部？」他從濃霧的空隙看見東北方的南湖大山，已經掛滿了銀白色的霧淞。

　　「早安！」Linda從他眼前的濃霧裡走出來。

　　「早安！妳這麼早起床，不會冷嗎？」

　　「這個溫度對我來說剛好……是二風谷的春天喔！」

　　「妳看，現在霧這麼濃，我們可能沒有辦法開車上山了。」

　　「啊，好可惜，我原本幻想可以真正在森林裡度過一個聖誕夜呢！昨天你的父親說，羅葉尾溪的巡守隊在那裡蓋了一座獵人小屋，我就想，你可不可以帶我上去看一看？」

　　「不、不，那不是小屋，那是用一座用塑膠布搭蓋的遮

雨篷。不可以在那裡過夜，除非⋯⋯」

「我從日本家裡帶了一個登山睡袋來⋯⋯」

「咦？登山睡袋？妳怎麼會背這種東西來台灣？來，我們先進到屋子裡，現在外面愈來愈冷了。我泡台灣的咖啡請妳喝⋯⋯」

「啊？太棒了，我想喝⋯⋯」

「哎⋯⋯我啊，其實，是想要改變自己。所以，一個人偷偷跑來台灣。」Linda喝了一口Tayal手沖的咖啡，嘆了一口氣。

「怎麼了？我沖的咖啡不好喝嗎？」Tayal問她。

「不！不！我是說，我一直很羨慕你的表姊Sayun擁有適應各種『生態圈』的能力，應該是說，勇氣。我覺得，可能是因為泰雅族的山林、河川有一種療癒心靈的祕密元素⋯⋯」Linda坐在飯廳裡，把「離家出走」的原因告訴Tayal，「不過，我不是單方面的離家出走，因為我的舅舅野本知道我想來台灣，所以就拜託一位二宮牧師找Sayun幫忙。」

「啊～，原來這樣，好吧，如果中午之前濃霧散去，我們就出發上山去看『小櫻』，並且帶兩個睡袋到泰雅族的森林裡度過妳夢想中的聖誕夜。說不定，半夜真的會有泰雅族的精靈來送聖誕禮物⋯⋯」

「太棒了，我來到這裡的心願終於可以實現了。」

「Tayal，你們怎麼可能住在那個工寮（tatak）？你沒看到山頂上都是霧凇，說不定，半夜還會下雪。」中午吃過飯，媽媽一聽到他們準備要上山露營，就勸他們打消念頭。

「Rimuy，可以啦、可以啦，沒有問題。我還不是常常跟Neban、Yukan他們睡在那裡。只要生的火整晚不熄滅，下雪都沒有問題。」Iban看到Tayal決定帶Linda到羅葉尾溪過聖誕夜，就覺得沒什麼大不了，不過就是生火取暖、烤一塊五花肉、喝兩杯高粱酒的「平安夜」罷了。

「走走走，我親自開車帶你們兩個上去。」Iban說。

「那不然，今天聖誕夜，Ciwas和漢民都會回來參加教堂的子夜彌撒。明天早上，我們全家人再一起上山去看『小櫻』，順便舉行聖誕烤肉大會？」媽媽說。

「哎，年輕人有年輕人的聖誕夜，今天他們先上去生火、整理營地，明天我們到的時候，就可以直接烤肉啦！安內都對啦～（Iban的口頭禪）。」

「走走走，快一點，我等一下還要趕回來參加子夜彌撒，不然，媽媽會生氣。」Iban穿著夾腳拖鞋就走出大門。

「這一條山路，我閉眼睛都知道要在哪裡轉彎。怕就怕從都市來的遊客，他們在這種濃霧中開車，都會把車開在中間的雙黃線上。」

「喔，Linda小姐不要害怕，我開車絕對安全。」Iban再補一句日語。

「Iban伯父，這就是大島正滿博士1935年走的路線嗎？」

「他們以前啊，還要繞過對面的山稜線，但是因為現在有水泥橋，所以很快就可以跨越山谷。以前，他們要走半天，現在，開車只要半小時。妳看，上面那一個涼亭是思源埡口，我們就快要到比亞南鞍部了。」車子一開到海拔1,500公尺的山上，所有的濃霧都散開了。

「啊～這是雲海？好像來到了天堂啊。我們剛剛從那底下穿出來的啊？我從來沒有看過這麼漂亮的景象。」

「Linda，妳看喔，從這裡開始，妳看到的樹都是紅檜、扁柏和樟樹。妳看，現在掛在樹葉、樹梢上的是霧淞，跟北海道的雪不一樣喔！等一下翻過比亞南鞍部，就是台中市囉！」他們的車經過剛才看到的涼亭，然後發現公路旁出現一個「思源埡口」的地標，底下標示著海拔1,948公尺，而這裡就是蘭陽溪和大甲溪的分水嶺。

Iban把兩個年輕人放在羅葉尾山的登山口，先確定他們帶了足夠的食物、水，以及可以點火的打火機後，就放心地調頭下山。Tayal帶著Linda拐進一道半開的鐵柵門，往前走了200公尺後，就到了羅葉尾溪的入口。入山之前，Tayal從背包裡拿出一小瓶媽媽交給他的紅標料理米酒。

「Linda，在我們進入森林之前，要先用這個米酒祭祀祖靈⋯⋯」

「我們愛努族的儀式當中，也會用酒敬神喔！」

冬天的羅葉尾溪靜悄悄地流著，一條蜿蜒小徑引導他們走向溪谷。他們走到了溪邊，Linda看到兩座小橋並排在潺潺的溪水上方。一座是不鏽鋼材質的橋，它直接跨到對岸的登山步道；另一座是用五根手臂粗的圓木纏繞在一起的木橋，它先跨到小溪中間的大石頭上，再繼續延伸到對岸另一座平坦的大石頭上。

「不鏽鋼橋是雪霸國家公園做的，木橋是我的父親和部落族人做的。冬天溪水的流量很小，但是到了夏天，尤其是颱風一來，這些木橋還是會被沖毀⋯⋯」Tayal才剛說完，Linda就從他旁邊直接跨上木橋，走到一半時，她突然停下來。「Tayal，請幫我跟羅葉尾溪拍一張合照！」

「哎，小心一點，這個木橋比較滑。」Tayal舉起手機連續拍了20張照片。

他們跨過羅葉尾溪之後，再爬上一個緩坡。突然，一棵高聳參天的紅檜木就矗立在眼前。Linda還來不及看完它直衝上天的氣勢，又被前方一整排樹幹、樹枝掛滿松蘿的扁柏、肖楠吸引住目光。

「哇～好像走進了宮崎駿的魔法森林裡喔！」Linda不時

抬頭看著高聳的檜木，又低頭看著布滿地衣和松蘿的森林步道。

「我們到囉！」Tayal指著小溪對岸的遮雨篷，「那裡就是獵人工寮，妳不要小看它喔，等一下妳就知道了。」

他們又跨過一座更長的不鏽鋼橋，走進一個山壁形成的天然圈谷。一座用塑膠布搭蓋的遮雨篷，掛在平坦的營地上方。Tayal走進遮雨篷後放下背包，然後開始從各個草叢、角落找出砍柴刀、鍋碗瓢盆，以及半瓶他上次和父親喝剩下的58度金門高粱酒。

「啊？太神奇了，這裡簡直什麼都有。」Linda用崇拜的眼神看著Tayal。

「Linda，我先生火，妳可以在這附近走一走，不過，必須在我的視線範圍內。」Tayal從一堆柴火中拉出一根粗大的樹頭，「這應該夠我們燒到明天早上了。」他心想。

接著，Tayal又從另一個石頭洞裡拉出一根乾燥的松樹幹。他用刀削出許多薄片，把它們集中放在遮雨篷下的火爐位置中央。他一下子就用打火機點燃松樹薄片。不一會兒，營火生起來了。他先慢慢添加小樹枝、大樹枝，等到營火愈燒愈旺，他就把剛剛拉出來的樹頭架在熊熊的火堆上，一縷濃濃的炊煙便漸漸瀰漫了整個羅葉尾溪的山谷。

Tayal想起今年3月，北海道札幌大學的愛努族學生來世

新大學參訪，當一位學弟問他們有關愛努族的信仰時，其中一個女孩回答說：「愛努族的信仰認為一切自然、動物、植物、器具都有靈魂。尤其是對於帶給人類恩惠或者人的力量所不能及的事物，都會被尊敬為神。其中，最重要的是帶來光和熱的火神……」

他打開媽媽交給他的一個紙袋，裡頭有幾個小塑膠袋，分別裝了半隻剁好的土雞肉塊、新鮮的香菇、生薑、鹽巴、蘿蔔塊，他再仔細看，發現蘿蔔塊裡還有另一小包黑黑的東西，「啊哈？maqaw（山胡椒）！」他自己看了也笑了。

他走到山壁下，打開引流山泉的水龍頭，把鍋碗瓢盆清洗乾淨，一些從接頭滲漏的山泉都結成了薄冰。「啊～好刺手啊！」Tayal快速把烹飪的器具洗乾淨，然後裝了半鍋子的山泉水，把媽媽準備的食材通通放進鍋子裡。他先抽出幾根旺盛的柴火放在石灶中央，然後把鍋子架在石灶上。「哎，準備這一頓聖誕大餐，真是叫人感動得痛哭流涕啊！」Tayal一邊擦拭煙燻的眼淚，一邊添加木柴到石灶底下。他想到表姊Sayun從愛丁堡透過Facetime跟他視訊時，特別拜託說，一定要好好照顧她的朋友Linda，因為說不定將來她自己真的想要嫁到北海道。

「好啦，好啦，我原本已經答應一起退伍的同梯，去世新大學參加拿珊瑪谷（社團）學弟妹舉辦的聖誕party……」

「拜託啦！Tayal，你不是說要我回來幫你帶一雙英國的Dr. Martin鞋？」

「喔，好啦！好啦！看在馬丁大夫的份上，沒有啦，表姊妳放心，我一定會好好照顧Linda。」

Linda獨自走進羅葉尾溪的森林裡，一路上就一直聞到一股芳香，這個味道跟小時候在二風谷的樺樹森林裡聞到的一模一樣。她大口地呼吸，感覺到全身的細胞也跟著在呼吸。

「咦？這條小徑，怎麼跟通往沙流川舉行『Chipusanke』的小路一樣？」她愈走愈深。一截巨大的紅檜板根擋在前方，「這不是外公的獨木小舟嗎？」她跨過紅檜板根時，突然閃過一個畫面。是她外公背著2歲的她，坐進他雕刻的獨木舟裡。然後，他撐起船篙，跟著其他族人的獨木舟慢慢划向下游的淺灘。她看到水中的鮭魚一隻、一隻奮力洄游向上。河岸邊的婦女圍成一圈，唱著神之魚的歌。一位愛努長老站在淺灘上，用一支長槍鏢捕鮭魚……

「啊？原來這些童年的記憶一直都在啊？那麼，這些年來，我到底走到哪裡去了？」她又經過一座獨木橋，低頭便看見三、五條櫻花鉤吻鮭正在囓食水底的食物。她的腦海裡突然響起一個熟悉的旋律，她邊走、邊哼。「這個歌，在哪裡聽過？」她心裡想，是不是Tayal的奶奶唱給她聽的？

```
lokah ta kwara  Tayal    （泰雅族，加油！）
lokah ta kwara  laqi     （泰雅小孩，加油！）
lokah ta kwara  Tayal    （泰雅族，加油！）
lokah ta kwara  laqi     （泰雅小孩，加油！）
```

「我啊，快100歲了。小時候，是讀日本的小學。」Tayal的奶奶Iwan三天前看到從日本東京來的Linda，就好像看到老朋友一樣。一等Linda把行李背包放進Ciwas的房間，Iwan奶奶就高興地拉著Linda的手要往後院的烤火房走。

「agay！ini na ha, aya！phngawa cikay ha kiy！」

（哎呀！婆婆，請先等一下，讓她先休息一下！）Tayal的媽媽Rimuy用泰雅族語，叫婆婆先讓Linda休息一下。

「妳會累嗎？」Iwan奶奶用日語問她。

「不，不，我不累。」Linda說。

「我呢，現在沒有辦法走太遠，不然，還是會想去東京看我的大女兒。妳看，這一頂毛線帽是我大女兒從東京寄過來的。」Iwan奶奶一邊繼續拉著Linda的手往烤火房走，一邊把毛線帽往Linda的頭上戴。

一打開烤火房的門，一股濃濃的烘焙香味迎面撲來。「好香啊，這是什麼味道？」Linda問。

「這是泰雅族的香菇。我嫁過來的時候，都跟我的先生

上山採野生香菇，然後再帶到山下去賣。」

「奶奶是幾歲結婚的？」

「我啊？18歲從Skikun（四季）嫁過來。是父母親叫我
嫁過來的。」

「Skikun（四季）在哪裡？」

「就是Pyanan（比亞南）再下去一點的地方啊！我們
以前不可以自己談戀愛，不像現在的年輕人這麼自由……，
Linda在日本有男朋友嗎？」

「啊？」Linda低頭看著手腕上的疤痕。「奶奶，Tayal說
妳可以幫我取一個泰雅族的名字……」

「嗯？……Mewas！我的媽媽，她是一個非常善良的
人，她以前是一位護士，我給妳她的名字。」

「Mewas！好好聽喔！謝謝奶奶，我喜歡Mewas這一個泰
雅族的名字。」

lokah ta kwara Tayal　　（泰雅族，加油！）

lokah ta kwara laqi　　（泰雅小孩，加油！）

lokah ta kwara Tayal　　（泰雅族，加油！）

lokah ta kwara laqi　　（泰雅小孩，加油！）

「啊？我想起來了……就是這裡，我曾經在Sayun的紀錄

片裡看到的泰雅族小孩，就是在這裡，用他們的雙手把櫻花鉤吻鮭的魚苗放進羅葉尾溪裡。」她彷彿看到了自己的外公也站在泰雅族的孩子旁邊。

「不！那是一群愛努族的孩子，他們跟著大人一起站在沙流川的岸邊，迎接從大海裡洄游的鮭魚……」

一瞬間，猶如萬馬奔騰的鮭魚來到了沙流川的上游——二風谷，婦女和小孩站在岸邊唱著歌，大人們站在河川的石頭上用魚槍鏢射鮭魚……

「就是這個記憶，鮭魚洄游產卵的記憶，原來它們躲在羅葉尾溪的深山裡。我終於找到突破生命瓶頸的答案了……」

Tayal獨自一個人在營地裡完成了炊煮，正想坐下來休息時，才想起剛剛交代只能在視線範圍內走動的人，不知道跑哪兒去了？

「喂～Linda～回來囉！」Tayal大聲呼喚。

「嗨～」她從遠處的森林裡回應。

「Linda，妳走太～遠囉！」Tayal大聲呼喚。

「Mewas～我的泰雅名字。」她從遠處的森林裡回應。

「Mewas～回來囉！」Tayal大聲呼喚。

羅葉尾溪飄下了今年的第一場雪，Mewas用手掬起一片雪花，「啊？是六角形的雪花呢！」她愈走愈深，而Tayal呼

喚的聲音愈來愈微弱。

　　「翻過這一座山，就到七家灣溪了？」Mewas愈走愈
遠……

　　「沃沃……沃沃沃……」Mewas聽到遠方的溪谷傳來狗
叫聲。

NYux
SPI awa'
Atayal
1935

第四章
bu' 箭

趕在太陽落下海拔3,000多公尺的雪山山脈前，Nowa（諾伍）將火篝裡殘餘的火苗掩滅，他走出門外，準備關上用赤陽木拼排而成的工寮木門。他再一次確認bu'（箭）沒有留在工寮的床底下避寒，就用力地把木門關上。

　　他下一次要再回到七家灣溪，可能要過半個月，甚至於一個月之後了。Nowa轉身抬頭看了北方的群山，只見從有瀑布的那一座高山延伸向西南邊的山脈的頂峰，皆漸漸被飄落的雪花染得一片雪白。

　　「沃沃……沃沃沃……」剛剛跑出屋外的bu'，對著羅葉尾山的方向一直在叫，聽起來像是有人正從那裡走過來。

　　Nowa順著bu'吠叫的方向看過去，隱約看到遠方的山頭有一個女孩的身影，旋即又消失不見了。

　　「bu'！我們走吧，再晚一點，就會被雪追上了！」Nowa蹲下身去繫緊右腳皮靴的綁帶，更確切地說，是繫緊用山羌皮縫製的獵人靴。這種尖頭的獸皮靴，為了防止獵人們在山路上行走時踩到霜或雪而滑倒，鞋底一律逆著山羌毛的生長方向縫製，以便增加在野地行走時的抓地力。每當獵人穿著這種自製的靴子走回部落時，許多小孩就會爭相嘲笑著說，他們的腳踩著兩隻瘦小的貍子在交互地行進。即使是這些孩子，包括他們的父母親都還沒有鞋子穿，雖然他們只能赤著腳，忍受冬天腳底板迸裂出許多裂縫的疼痛，但他們也不願

意穿這種怪異的獵人靴。他們頂多只能重複地用燃燒松脂滴下來的松油，填補腳底板的裂縫以止痛、消毒，然後等待春天來臨時，腳底板會結上一層厚厚的繭。

bu'一看見主人穿好了靴子，便矯健地從樹叢裡衝出來，牠捲起半圓弧的尾巴、抖動黑亮的毛、豎直耳朵，高興地發出牠特有的低沉「沃、沃……」聲音邊叫邊跳。牠看到主人放在門邊，裝滿了儲存的農作物、燻鹿肉和煙燻魚乾的背簍就知道，這一趟出門不是去打獵，而是要回到有很多狗、很多人的志佳陽。

bu'是典型的台灣高山土狗，牠的母親是Nowa的養父Yukan最心愛的一隻白色母狗，叫做tlaka（霜）。若是回溯牠更早的血統，tlaka的爸爸則是一隻純正的黑色高山獵犬，叫做patus（槍）。聽說，patus曾經在中央尖山和一隻黑熊交戰。牠是一隻個性相當固執的獵狗，不分勝負絕不罷休。當時若不是主人Payas（巴雅斯）趕過來解圍，一槍打中黑熊的胸口，patus可能就不會有後代了。這也是為什麼，至今Nowa的養父Yukan家裡有的一張黑熊皮，說什麼也不肯讓人帶下山去交易。

bu'的媽媽tlaka有一道完美的半圓弧型尾巴，牠的耳朵半垂、四肢挺直，始終是部落獵人爭相預訂牠後代的熱門獵犬。bu'出生的那一年，也是tlaka最後一次生產。隔年春天

tlaka和主人Yukan到中央尖山的獵區狩獵，被一隻帶著幼熊下山喝水的母熊，用前爪重擊當場喪命。Yukan那時從遠處聽到tlaka的慘叫聲，之後突然又變得無聲無息，就判斷牠可能被一隻大型的凶猛動物帶走了。他循聲趕到溪邊，果然就看見沾滿血跡的tlaka，奄奄一息地躺在一棵紅檜木底下，而樹幹上還沾黏著tlaka撞擊時脫落的一塊白色毛皮，從牠撕裂的傷口就知道是遇到了熊。

「哎呀？tlaka……我心愛的夥伴，妳怎麼……真的走了？」Yukan在被收養之後來到了Sqoyaw，包括養父Payas過世那一次，這算是第二次傷心地流淚。他脫下身上用鹿皮縫製的披衣，那一件鹿皮衣是他和tlaka第一次上山打獵的戰績。他小心翼翼地把tlaka用鹿皮披衣包起來，然後抱著牠走到還掛著一片tlaka脫落皮毛的紅檜木底下，輕輕抓起那一片沾血的毛皮，放在牠被熊爪撕裂而脫落的左前胸部位。他一

邊放、一邊想著當時tlaka一定就像每一次一樣，奮勇撲向獵物。只是牠沒有顧慮到一隻母熊為了保護幼熊，一使勁揮出熊爪的撞擊力道，連一棵大腿粗的樹幹都可以被擊斷，更何況牠只是一隻獵狗。

「tlaka，妳安息吧，披上這一件獵人的披衣，妳就不會冷了。好好地去，跟著祖靈們在另一個國度繼續當勇敢的獵狗……」Yukan把tlaka埋在那一棵紅檜木下，並且堆了一些石頭在土丘上，然後默默地禱告。之後整整一年，失去愛犬的Yukan對於上山打獵都意興闌珊。他連自己使用多年的弓箭都送給Nowa，叫他找隔壁的伊凡（Iban）拿去射正在七家灣溪產卵的mnbang（鱒）。

Nowa記得很清楚，tlaka最後一次生產，養父Yukan還很堅持要用kiri（籐籃）背著他最疼愛的tlaka，從七家灣溪走回志佳陽。

「啊該？阿爸，你這樣子背狗回去被人家笑啦！」

Nowa當時看著養父把tlaka放進他的背籃，地上還堆著剛從籃子裡替換下來的地瓜和芋頭。

「這樣子比較安全啊，我怕牠在路上去追別的動物，受傷就不好了。你知道，隔壁的Bakan（芭干）阿姨說要留一隻幼仔給她，這些地瓜和芋頭都是她早上叫Iban從他們的田裡帶過來的。哎，你的背籃比較大，那些地瓜都給你背喔！」

Yukan輕輕拉起籐籃的握柄轉到背後，把只有露出一個頭的tlaka背起來。

「阿爸，我以後也想要養一隻tlaka的幼仔，以後可以帶去森林打獵。」

「好啊！到時候tlaka生幼仔你就可以先挑選一隻……」

遇到母狗生產，不僅是考量餵養的問題，最重要的是保留最優良品種。有經驗的獵人會在母狗剛產下幼仔的同時，就篩選自己要留的以及親戚預先索討的數量，剩下的幼仔幾乎是在眼睛尚未睜開時，不多停留一刻地被主人帶到溪邊，丟進水裡讓溪水沖走。怕的就是一旦母狗開始餵奶，「感情」這種連結被建立起來後，主人就狠不下心做出選擇了。這一次，tlaka生了五隻幼仔，主人Yukan決定只留兩隻，但其中並不包括bu'。

Yukan背著tlaka回到志佳陽那一晚，Nowa才剛躺在床上，就被養父Yukan叫起來到柴房等待tlaka生產。Yukan先在柴房中間生起一堆篝火，然後叫Nowa繼續躺在旁邊的竹床上睡覺。Yukan抽出一把乾燥的細竹枝，繼續把上次回來還沒有編織完成的sgoyu（魚筌）做完收口的部位。他一直等到半夜，聽到tlaka發出低沉的「嗚～嗚～」聲，就看到裹著胎衣的幼仔順著一些液體、血水滑落在乾稻草堆上。

「啊該？都是母的？喔喔……等一下，後面這兩隻是公

的，三隻，三隻是公的。」Yukan蹲在地上用左手輕輕挑起黏在幼仔身上的胎衣，左手撥動著每一隻幼仔的腹部逐一檢查。

「阿爸，tlaka生了幾隻？」Nowa聽到養父發出的嘆息聲，趕忙從竹床上跳起來，走到火堆旁邊用左手抓起一根柴火，站在Yukan右邊，傾身向前想看清楚剛剛出生的幼犬。

「哎、哎！你小心那個火把，五隻、牠一共生了五隻。有三隻是公的，不過……，來，Nowa，火把交給我，你來選，你想要留哪一隻公的？」

Yukan確認幼仔的性別和數量後，拿起夾在耳朵上的菸斗，順勢接過Nowa手上的火把點燃菸斗圈裡的菸草。

「嗯～嗯～Nowa，那個不要，呼～真可惜，你看看，牠的尾巴、腳和體型，長大之後一定很會打獵，可惜就是三隻腳，穿白色的鞋子，不是很好……」Yukan急忙吐出一口煙，用菸斗指向一隻幼仔，要Nowa放棄那一隻穿了三隻白鞋子的幼仔。在微弱火光中，Nowa正在猶豫到底要不要把那一隻穿鞋子的幼仔挑出來丟掉。

「哎呀～這種腳白白的狗，老人家說像穿鞋子，牠去山上打獵會追不到山豬。而且，決鬥的時候，很容易被山豬咬傷。你就把牠丟掉吧！Nowa……」Yukan用力吸了一口菸斗，緩緩吐出一陣煙後，提醒Nowa做果斷的決定，避免將來

獵狗在山上遇到危險。

「哎，阿爸，我們只留兩隻，一隻黑色的已經答應斷奶之後，要送給Iban帶到七家灣溪。另一隻白色的留在Sqoyaw的家裡，我就沒有獵狗可以帶到七家灣溪了……」Nowa右手挑出那一隻穿鞋子的幼仔，突然又放回去。

「那你決定吧！因為這是你將來要養的狗……」Yukan把手上的火把還給Nowa就起身走出柴房。

「Nowa，你要快一點決定，天快亮了！」Yukan轉頭對著還蹲在庫房裡的Nowa說話。只見Yukan吸一口菸斗，再對著司界蘭溪的方向吐出兩個煙圈圈，不一會兒，兩個圈圈就消失在寒冷的空氣裡。

在司界蘭溪和大甲溪的交會處，有一座日本人為了方便登山客攀登雪山所搭建的吊橋，湍急的溪流從這裡開始下切到對岸山壁，轉一個90度彎之後衝向合歡溪口，繼續匯流奔向下游的Slamaw（薩拉茂）。這時，Nowa左手舉著火把走到司界蘭溪吊橋上，右手掌圈出一個半圓，掌心捧著三隻體溫微熱、眼睛閉合的幼仔。接著，他按照毛色、體型瘦弱排列，把三隻從指尖到手腕邊緣分別是棕色、黑白花色以及黑色的幼仔，輕柔地用手指挑撥，再把棕色的、黑白花色的幼仔依序拋進五十公尺下的湍急溪流中。剩下第三隻黑色的……不！他在微弱的火光中，看到這隻黑色幼仔的胸前有

一搓狀似箭矢的白色斑紋。

「啊？這不是bu'（箭）的形狀嗎？牠的胸部有一支白色的箭矢，絕對會是一隻勇猛的獵狗。」Nowa把手上的火把丟向橋下，然後用雙手捧著這一隻胸前有白色箭矢斑紋的幼仔，快步奔回柴房，他一進到屋內，就把牠放在剛才留下來的另外兩隻黑色幼仔中間，tlaka舔了兩下這一隻剛從死裡逃生的幼犬，再用鼻尖把牠推向乳頭下方，牠「咿、咿」兩聲就開始用力吸吮奶水。

bu'長大之後，最令人嘖嘖稱奇的事蹟，是第一次跟著Nowa從Sqoyaw到七家灣溪耕作的途中，抓到一隻mnbang（鱒）的故事。那時候的mnbang因為產卵的季節紛紛離開大甲溪的深潭，公魚、母魚全都游向上游七家灣溪淺灘邊的

卵石細沙平緩水域，準備舉行傳宗接代的儀式。在這個季節，只要經過河邊就會看見一隻隻青綠色背部、浮出水面的mnbang，正在岸邊的淺灘甩動尾巴，製作產卵的產房。

那一天凌晨，Nowa帶著bu'和幾位族人一起從志佳陽，舉著燃燒松樹枝的火把沿大甲溪右岸的稜線出發，前往七家灣溪的耕作地。沿途除了間斷有序的山羌求偶聲迴盪在大甲溪左岸的山谷，剩下的就是，沿路被這一列舉著松脂火把行路的泰雅族人驚擾的角鴞夜啼聲。

「嗚、嗚」角鴞每隔3分鐘鳴叫一次，一路人馬聽著角鴞的夜鳴聲漸行漸遠，一直走到天色微亮、鳴聲斷絕，他們就熄滅手上的火把，把松樹枝全部交給Nowa集中存放在一個乾燥的石窟裡，以備下一次夜行時繼續使用。當他們抵達大甲溪和七家灣溪的匯流處時，太陽正從背後的中央尖山升起，金黃色的陽光緩緩從雪山山脈頂端平降到七家灣溪的溪谷。一行人仍然安靜地依序跟從領頭的Nowa，蹲身捲起褲管準備渡河。瞬時，就看到bu'快速地衝向剛被陽光照射到的七家灣溪上游，牠奮不顧身地跳進只有9度的冷冽溪水——待安靜有序的晨光與潺潺溪流突然被激起一陣翻騰的水花，另一隻獵狗才被動地追趕在後頭吠叫著，像是在向主人邀功，並慶賀著牠和bu'共同完成了一項戰績——一隻將近40公分長、肚子抱滿了魚卵的mnbang（鮭魚），正奮力甩動尾巴想從bu'的銳

齒裡掙脫。

「啊該！bu'真是勇猛，牠抓到了一隻mnbang⋯⋯」走在Nowa後面的Iban定住眼睛，才看清楚bu'的嘴裡叼著一隻mnbang。

「啊該～哈哈哈，Nowa，你的運氣真好，中午可以加菜了，哈哈哈⋯⋯啊該哇～」

Iban的媽媽Bkan走在最後面，她生平第一次看到狗下水抓魚，因此又驚訝又好笑地放下背簍，坐在一塊石頭上不停大笑。

「哎！bu'的哥哥反而跑得比較慢，Nowa，還好你以前沒有把牠丟掉，你看，牠從現在開始都可以幫你抓魚了。」Iban用羨慕的眼神看著自己的狗在bu'旁邊吠叫，

「好了、好了，syax（光），你不要再叫了！去、去，你也去抓一隻魚！」Iban用力丟一塊石頭，syax一開始先奮勇地衝向上游，直到溪邊就又急速停止。

「哈哈哈⋯⋯Iban，我們的syax還要多多訓練⋯⋯」

Bakan想起當時被Yukan叫去看他留下來的三隻幼仔，除了一隻白色的要留在家裡養，另外兩隻黑色的可以任她挑選。她當時帶著Iban一起過去挑選，而Iban看一眼就說：「我不要穿三隻白鞋子的那一隻！」

自從Nowa接手養父Yukan的射魚弓箭之後，bu'就變成

了七家灣溪第一射手的搭檔。每年到了mnbang產卵的1月和2月之間，bu'和Nowa除了上山狩獵，還可以用絕佳的默契，「抓」到不少肚子裡滿滿都是魚卵的mnbang。

他們合作的方式，是先由Nowa用弓箭射中游到淺灘產卵的魚，中箭的魚雖在驚嚇中逆流而逃，但最終還是會因為體力不支而被沖回下游，這時候bu'就扮演了最佳「神叼狗」。牠用銳利的眼光追蹤中箭受傷、載浮載沉的mnbang。等到mnbang被沖向平緩的淺灘，牠就縱身躍進水中把mnbang叼回岸邊。有的時候，bu'還會衝往上游向水底的mnbang吠叫，把魚群趕往下游的淺灘逃竄，好讓Nowa可以放箭射魚。這樣的合作模式，使得Nowa在冬天的工寮裡，總是有著比其他族人更多的煙燻魚乾和鹽漬醃魚，而這些漁獲被帶回去分享給親戚的時候，Nowa總是會謙虛地說：「哎哎，不是我喔，這些魚啊，都是bu'抓到的喔！」

bu'既做為志佳陽有名的「叼魚狗」，Nowa總不會虧待他的戰友。在bu'第一次抓到mnbang之後，Nowa就在七家灣溪的工寮旁邊，親手為牠挖掘建造一座專屬的半穴式小板岩石屋。這種厚待獵犬的規格，完全不輸給Iban和他養父去年利用板岩、赤楊木所新搭蓋的泰雅族傳統半穴式工寮。Nowa除了考量遮雨、排水功能，還測量了bu'的身高，特地在小屋入口設計一塊冬天不會被灌入北風的擋板。因為七家灣溪沿岸

一帶的耕地分布在海拔1,700公尺到2,100公尺的盆地和緩坡之間，四周環繞著3,000公尺以上的大山，一旦到了冬天，北風會從雪山和大霸尖山一帶，沿著七家灣溪谷吹襲而下，那些用赤楊木並排而成的工寮外牆無法完全抵擋刺骨寒風。為了因應這種特殊氣候，族人大都會往地表深掘1～2公尺的高度來保暖，然後再慢慢堆疊板岩和赤楊木做外牆。也有人會專程到靠近Pyanan（比亞南）鞍部一帶的原始森林裡，刨掘紅檜樹皮拿來蓋在屋頂上，據說這種樹皮非常地耐用，而且因為有一種特殊香味，不僅愈燻愈香，也可以防止跳蚤、蛇類進入屋子裡。Nowa的工寮後來也經過整修和擴建，其中一部分就是用檜木皮搭蓋的屋頂。那些樹皮是他用和bu'一起抓到的mnbang，經過煙燻處理之後，帶到Pyanan（比亞南）邀請親戚，以換工（sbayuxl）的方式到深山裡搬運樹皮。Nowa有時候還用自製的魚乾、鹹魚，交換別人從宜蘭叭哩沙交換所帶回來的玉米種子和地瓜。

　　每年進入冬天之前，Nowa和他的養父會一起在七家灣溪屯墾、狩獵、栽種雜糧，通常一待就是一到兩個月。在這段期間，他們先把隔年春天預備耕種玉米和地瓜的山坡地重新整頓一番，剩下的時間，Nowa就會帶著bu'到附近的山區打獵，或者再帶一些自己煙燻的魚乾、獸皮到Pyanan去，和親戚交換一些鹽巴和日常的生活用品。

Nowa小時候常聽養父Yukan說，中國人（清朝）來到台灣的時候，就在宜蘭的叭哩沙開一間專門交換物品的交換所。那時候，他們雇了幾位有紋面的泰雅族婦女在交換所打雜，偶爾讓她們回到山上召喚部落的頭目、長老下山去聽那些中國的大人（官員）講話。每次部落的頭目、長老下山，都會有人幫他們剃頭髮，也會招待他們喝酒、吃肉，回去時還送了很多毛線布料、縫紉用品、鐮刀、斧頭、米、鹽、藥品，叫他們回去告訴其他的族人不要再馘殺人頭。

「然後啊，換成日本人來了以後，他們就開始往深山開路、砍伐樟腦樹和檜木，後來還派警察住在部落裡監督我們的生活。像我們自己住在七家灣溪比較好，不像現在，住在Sqoyaw（志佳陽），每天看到日本警察一定要敬禮，不敬禮還會被打……」Yukan在七家灣溪屯墾的時間，因為日本駐在所的警察經常強迫要求每一戶出工修路、蓋學校和宿舍，因此能上山工作的時間變得愈來愈短。他很擔心妻子比黛和兩個女兒，尤其他的兩個女兒都已經到了可以紋面的年紀。雖然說日本人已經禁止泰雅族紋面，但是他一想到從小的玩伴Pisuy（比恕伊），就是在成年之後決定要紋面，但是後來被駐在所的日本警察以違反規定，決定懲處她身為頭目的父親Yakaw（亞告），所以她只好放棄繼續紋上額頭部分的紋路，並且還被強迫嫁給年紀很大的平岩山駐在所主任下松，

其實，當時下松主任早就已經有日本妻子和三個孩子。

　　Yukan一直等到Nowa成年，就決定把Nowa一個人留在七家灣溪的山上，自己回到Sqoyaw（志佳陽）附近的耕地工作，以便能夠就近照顧妻子和兩個女兒。

　　有一天晚上，Yukan父子兩人在七家灣溪的工寮裡聊天。Yukan叫Nowa打開裝有用今年收穫的小米釀製的酒的罈子。Nowa打開封在淡黃色酒罈上的葉子後，先剝除最上面一層乾燥的酵母和小米飯。整間木屋飄著芳香的酒味。

　　「嗯～味道聞起來，很成功喔！Nowa！」Yukan閉著眼睛享受酒香。

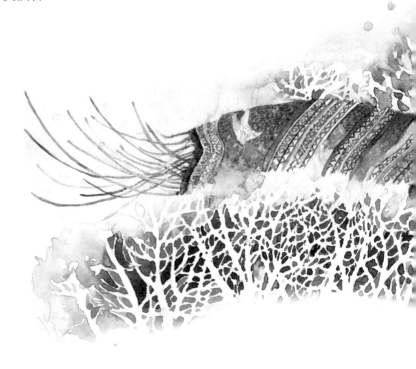

接著Nowa用瓠瓜瓢舀出已經發酵熟成的小米酒釀，一瓢、一瓢倒進用黃藤編製的長型濾酒袋。他一邊倒，一邊用力、慢慢地扭擠濾酒袋，一縷、一縷淡黃色的小米酒流進了大碗公裡。

「阿爸，你先嚐嚐看。」Nowa停下手邊的動作。

「哎，我們先敬祖先吧。」

Yukan拾起碗公，用右手食指沾了三下往旁邊灑，然後淺酌一口。

「嗯～嗯～好喝，真的好喝，你試看看。」他把碗公交給Nowa。

「阿爸，你先喝，我再來過濾一些酒。」Nowa繼續用瓢子舀出小米酒釀。

「啊，夠了，夠了。這些夠我們喝了，明天，我要帶下山去給你的媽媽和妹妹喝呢！你先坐過來。」Yukan把Nowa叫到他的身邊來。

「嗯哼，……Nowa，我要告訴你一些話，你不要忘記，七家灣溪是你祖父Payas（巴雅斯）留下來的土地，不要因為日本人沒收我們泰雅族的槍、禁止獵首祭和紋面，就忘記我們的習俗。你8歲的時候剛來，那時候你祖父和族裡面許多人因為感染日本人帶來的疾病而死掉。然後，你的祖母叫我跟你養母把你和兩個妹妹帶到七家灣溪避難，結果你的祖母自己後來也染病死掉了。部落的頭目們為了驅逐外來的人，想用日本人的頭祭祀祖靈消除厄運，便決定聯合攻擊日本警察駐在所。那時候啊，他們一共砍了9個人頭、殺死3個人、7個人嚴重受傷。想不到啊……日本人叫更多南投那裡的泰雅族人反過來殺我們的人。那個時候，一共砍了25顆Slamaw（薩拉茂）和Sqoyaw（志佳陽）的人頭……。你有聽說5年前（1930年），南投霧社公學校的運動會，那裡的泰雅族發動很大的攻擊？他們後來也殺死了134個日本人，哎……嗯

哼……」

　　Yukan回憶以前的事，就會非常感性，有時還會哽咽，特別是喝了自己釀的小米酒之後。

　　「哎？我怎麼醉了，Wa，我的話啊，是說……你住在這裡，會有祖靈保護你。我8歲的時候，被我大哥Piling（比令）送到Sqoyaw（志佳陽）給人收養。我到現在還是一直很感念我的大哥。你不要害怕，你只要勤勞工作，一定不會餓死。但是無論如何啊……一定要好好保護這一塊土地，因為有土地，你的子孫才可以繼續生存。還有啊，Piling（比令）大伯父、Yuhaw（尤浩）二伯父都還住在Pyanan（比亞南），你也不要忘記，我們真正的根，是Pyanan（比亞南）……」

　　「阿爸，你真的喝醉了，第一次聽你說那麼多。你放心，我會牢牢記住你剛剛講的話。」

　　Nowa輕輕把Yukan扶起來，把他帶到床邊。

　　「Wa，你不要忘記喔……」Yukan躺下去以前又補上一句。

N Yux
SPI awa'
Atayal
1935

第 五 章
Nowa 諾佤

Nowa（諾佤）出生不到三天，就被Yukan從南投的Mlipa（馬力巴）抱回Sqoyaw（志佳陽）當養子。一直到他成年、結婚之前，都是跟著養父Yukan在七家灣溪耕作與打獵。

Nowa是一個勤快、反應靈敏、個性敦厚的孩子，他身材不高，卻非常受到養父、養母疼愛。他濃厚的眉宇和單眼皮的雙眼，顯露出一種獨特的憂鬱氣質，加上特別白皙的皮膚，讓他從小就一直是女孩子愛慕的對象。但他似乎只喜歡跟著養父到七家灣溪耕作和打獵，也從未對一個女孩子表示喜歡。他21歲那一年，養父Yukan決定把大女兒Sayun（撒韻）嫁給Nowa。因為Yukan看得出來，Nowa對於這個小她一歲的妹妹有一種特別的情愫。他雖然已經盡量讓成年的Nowa留守在七家灣溪的工寮獨立生活，但還是擋不住勤奮的Nowa經常背著滿滿的農作物和獵物，回到Sqoyaw（志佳陽）看他的妹妹。

「我絕對不會同意，Nowa和撒韻是兄妹，怎麼可以在一起？我不同意……」Pitay（比黛）聽到Yukan決定請示頭目，然後殺一頭豬告慰祖靈讓Nowa娶Sayun，氣得用低沉的語氣堅決反對。他們聽到睡在隔壁柴房的Nowa走下床去翻動火籌裡的柴火，從竹片隔間的細縫，隱約可以看到Nowa又走向爐灶旁邊的柴堆裡，搬一塊厚重的赤楊樹頭放進火籌裡。

「哎哎……Pitay妳小聲一點，Nowa會聽到我們講話。

妳的話是不錯，可是，他們兩兄妹畢竟沒有血緣關係啊，Pitay！妳也知道，其實Sayun也很喜歡Nowa。而且今年已經有很多親戚來向Sayun提親，妳不是也一個都沒有答應？要是Pyanan（比亞南）的Watan（瓦旦）又帶他的兒子來提親，我們一定會不好意思拒絕人家第三次。而且，他又是我那邊大嫂的弟弟……」

「Yukan，你不是不知道，Nowa的媽媽要不是因為堅持生下他，也不會被他爸爸趕出家門，而且我的表姊夫啊，他是Mlipa（馬力巴）的頭目……」

「哎，Pitay，過去的恩怨不要留到下一代，我聽人說，妳的表妹被調到到宜蘭Skikun（四季）的衛生所擔任護士之後，身體狀況一直不好，她雖然嫁給Skikun那裡的一個泰雅族公醫師，但是後來還是因為染上肺病，被家人接回埔里的療養院治療。聽說，最後他們也離婚了……」

「啊該！真的嗎？我可憐的表妹，她其實是很善良的人，就是因為太善良才會……我啊，每一次看到Nowa就會想到他的媽媽，真的很可憐……」Pitay（比黛）一面擦拭眼眶的淚水，一面輕輕抬起脖子看著躺在斜對角床舖上的Sayun（撒韻）和她的妹妹Hemuy（黑慕伊）。

「好啦！Pitay（比黛），先睡吧……哎……」Yukan輕撫Pitay（比黛）的頭，嘆一口氣，兩眼直盯著經年累月被燻染

成黑亮色的屋梁。Nowa稍早添加在火箐裡的赤楊樹頭，正好燒到潮溼的根部，因此一整間木屋被青煙瀰漫，然後又順著熱氣流，從豎立的赤楊木牆頂端縷縷飄向屋外。

Yukan之所以特別疼愛Nowa，其實是因為他自己在8歲的時候，就被哥哥從宜蘭的Pyanan（比亞南）送到台中的Sqoyaw（志佳陽）當別人的養子，按照泰雅族的說法是「準備入贅做女婿」的養子。

一開始，Yukan也是先跟著養父Payas（巴雅斯）在七家灣溪工作、開墾，慢慢地接受養父的觀察和磨練，一直到他成年，才娶了養父Payas的大女兒Pitay（比黛），並且繼承與管理養父的家產。只是Yukan入贅三年，他和Pitay一直都沒有生孩子。後來養母Labi（拉碧）去問部落的巫師Hemuy（黑慕伊），巫師才說：

「Yukan要先領養一個孩子，等於還給Pyanan（比亞南）的祖先一個孩子，Pitay才會再生自己的孩子。」

直到有一天，Yukan的養母Labi聽人從Slamaw（薩拉茂）那裡傳話給她，說她在南投Mlipa（馬力巴）的一個外甥女，已經產下一個男孩子要給她的女婿Yukan領養。一聽到消息，Yukan立刻起身，帶著準備許久的鹿皮、煙燻魚乾，還有妻子Pitay（比黛）跟養母Labi（拉碧）織的布匹，走了一天的路到

南投馬力巴。

「啊該？女婿，你怎麼這麼快就到了？」Labi的表姊Mahong（瑪虹）一看到Labi的女婿Yukan，傍晚背著一堆山產和禮物走進屋裡時，嚇了一跳。

「哎，你們早就知道我和妻子Pitay的心意了，我們是按照巫師的指示啊！可以的話，明天一早，我就要抱這個嬰兒回Sqoyaw（志佳陽）了。」Yukan放下背上的籐籃，一一拿出他帶來的禮物。

「那麼，姨媽，妳的女兒Mewas（美娃思）已經知道了嗎？」Yukan有點不放心。

「哎！別說了，你們的親家Walis（瓦力司）從知道女兒懷孕到現在，都不再跟她說話。你知道Walis的脾氣，他出門打獵快一個月了，到現在還氣得不肯回來。他出去打獵之前還很生氣地說，叫她去上吊也沒有勇氣，早知道讓她紋面，也不要送她到下山去當護士……」Mahong（瑪虹）揪著眉頭，指指隔壁的小房間。其實，從Yukan一走進家門，躺在隔壁房間的Mewas就開始不停地啜泣。

兩年前，Mewas原本要紋面，但是她卻聽從擔任頭目的父親Walis的指示，跟三個霧社那邊其他部落的頭目女兒，一起被選派到台中的公醫院，接受助產和簡單的護理訓練。半

年後，四個女孩就分別被派到霧社、馬力巴、馬斯達邦、馬赫坡的護理站擔任護士。平常，由埔里上山的日本公醫會輪流到各地駐診，而大部分時間，就由這些年輕的護士留在山上，協助族人做簡單的醫療包紮、給藥與助產。

　　Mewas因為受訓期間表現優秀，就被霧社駐在所的山崎主任留任在霧社療養所。這一次，她自己倔強地要生下懷胎九個月的孩子。她回到Mlipa（馬力巴），並且以過去學習到的助產技術，和母親Mahong的從旁協助，順利產下一個男嬰。

　　「媽、媽，妳可以來一下嗎？我有話要跟妳說……」Mewas擦乾眼淚，坐直身體。「妳告訴Yukan，他和Pitay要幫這個嬰兒取名字叫做『Nowa』（諾伍）……這是我唯一的要求……」話一講完，Mewas又止不住淚水低頭痛哭。

「妳不要哭了，這個嬰兒的命運就交給祖靈吧！而且Pitay和Yukan都是很好的人，妳放心⋯⋯」Mahong拍拍女兒的肩膀。

「我明天會先把『Nowa』餵飽，然後會準備一個裝乳汁的奶瓶，那是我請朋友從台中帶來的。妳跟Yukan說，一定不能在路上耽誤，回到Sqoyaw（志佳陽）後要趕快找一個人給『Nowa』吃奶⋯⋯」

Yukan隔天傍晚回到了Sqoyaw。Pitay一接手抱過嬰兒，Yukan就說：「『Nowa』，妳的表妹說要叫這個孩子『Nowa』⋯⋯」

「好、好，『Nowa』、『Nowa』，啊該，好臭，Nowa大便了，我先幫他換褲子，再帶他去給Baqan（芭干）那餵奶⋯⋯」Pitay小心翼翼地把Nowa放在床上，並拿出一塊棉布幫他擦拭屁股，之後又快速用另一塊布把Nowa包起來。接著她抱起Nowa，跑向Baqan的家。

五天前，Baqan也生了一個男嬰，他的名字叫做Iban（伊凡）。從這一天起，Nowa和Iban就輪流吃Baqan的奶水一直到斷奶為止。

隔年，Pitay果然如巫師所說的產下了一個女孩，後來取名叫Sayun（撒韻）。再隔一年，Pitay又懷孕生下了第二個女孩Hemuy（黑慕伊）。Pitay和Yukan一起撫養三個小孩，等男

孩漸漸長大後，就跟著養父一直在七家灣溪工作，而兩個女兒就跟著母親在家學織布和做家事。因為Nowa和Sayun沒有直接的血緣關係，所以為了延續家族命脈和家產的繼承，Yukan和Pitay在取得頭目的同意之後，決定讓21歲的Nowa和20歲的Sayun結婚。

Nowa和Sayun的婚禮，是在秋天農忙告一段落的時節舉行。結婚當天，Yukan殺了一頭豬祭告祖靈，並且與Sqoyaw的親戚、族人一起分享。他們還特別在一個月前就先向駐在所的日本警察報備，同時派人傳話到Mlipa（馬力巴）、Slamaw（薩拉茂）、Kayu（佳陽）、Tabuk（松茂）、Pyanan（比亞南）去邀請當地的頭目和親戚一起來慶祝。

當時，整個結婚典禮就在四周環繞著3,000公尺高山下的Sqoyaw（志佳陽），延續了三天三夜。

婚禮第一天，當夜幕低垂，月亮從東方的山頭一升起時，就揭開了喜宴的序幕。皎潔的月光就像一塊巨大的布匹籠罩在整個Sqoyaw的山谷裡。蕭瑟的秋風從志佳陽大山吹向山谷，男人們陸續聚集在已經生起篝火的廣場，主婚人Yukan禮貌性地先請平岩山駐在所的下松主任向新人祝賀。與其說下松主任娶了頭目Yakaw（亞告）的女兒Pisuy（比恕伊），所以也有Sqoyaw女婿的身分，其實他也是為了慰勞大家，在這段時間辛苦搭蓋一棟新的駐在所宿舍以及小學校舍，所以

特地殺了一頭牛宴請大家。接著，Yukan再請頭目Yakaw和遠道而來的頭目們一起向祖靈祈福。頭目Yakaw坐在月光可以清楚投射在他臉孔的位置上，先清了喉嚨，等所有的親友和陪同前來參加婚宴的駐在所警官和巡查們都安靜了，就舉起裝滿小米酒的竹杯，開始向泰雅的祖靈高聲頌唸祭詞和祈福。所有長老，跟著頭目Yakaw舉起手中的竹杯後，用手指沾了三次杯中的小米酒灑向周圍。隨後在頭目Yakaw的一聲令下，大家把小米酒一飲而盡。

旁邊的婦女看到男人們喝開了，就跟著Pitay走回Yukan的穀倉裡搬來一罈、一罈的小米酒。她們也把事前用煙燻鹿肉熬煮的肉湯，端到廣場中央供大家喝湯取暖。一些從其他地方來的親戚，則是趁著這個機會大肆品嚐了Sqoyaw特有的「煙燻魚乾」和「醃漬鹹魚」。這些從七家灣溪帶回的魚乾，有的被熬煮成湯、有的直接被分送給已經圍聚在廣場上的婦女，搭配著小米酒，一口酒、一口煙燻魚乾地大快朵頤。

聚落裡的狗三三兩兩，有看家的狗、有打獵的狗，牠們流竄在醉醺的男女賓客腳邊，等待他們隨手丟下的肉骨頭，有時候甚至因為同時看上一塊還在賓客嘴上啃咬的大肉骨，就開始互相爭鬥、咆哮、宣告自己的主權。這時候就會看到兩位狗主人氣憤地隨手抓起棍棒，喝斥正在打鬥的狗，但

任誰都看得出來，這不會真打下去，畢竟這些狗，大多就像Nowa的獵狗bu'一樣，都曾在山林裡立下「汗犬功勞」，為他們的主人，冒著生命危險捕獲不少山豬、山羌。這種爭奪骨頭的戲碼，看久了，就知道是婚宴當中的另類高潮，擋也擋不住，甚至有的狗主人，乾脆直接趁機犒賞心愛的獵狗一塊完整的肉骨，當作是對「家人」的一種關愛。

　　整罈醃肉、水煮地瓜和芋頭、蒸熟的小米和糯米，源源不絕被婦女端出來擺在廣場邊提供大家取用。婦女們也開始互相敬酒、吟唱歌謠。來自遠方的族人，也藉著這個場合向自己心儀的「親家們」殷勤敬酒、互相介紹自己的兒女，期

望他們能在未來的日子裡公開交往，並待時機成熟時更進一步來提親事。所有人的臉孔在皎潔的月色與星光滿天的廣場裡，被熊熊篝火映照出紅潤的喜氣，大家盡興地祝賀著新人Nowa和Sayun，從大人到少男、少女都是難得一見的飽足和醉意──而少男、少女更在長輩們八、九分醺醉以後，輪番獻唱表演。而原先在一旁拘謹監視著泰雅婚宴進行的駐在所巡查和警丁們，也都開始加入了獻唱的行列，唱起了日本軍歌和童謠。

　　為了這次的婚禮，Yukan和新郎Nowa從小米收割結束之後，就已經開始密集地上山打獵和捕捉七家灣溪的mnbang做

準備。即使在這三天三夜當中，親戚族人吃飽喝足了他們為婚禮所準備的食物和小米酒，而這些遠道而來的親人，依舊期待當他們返家的時候，Yukan還會準備更多的燻肉、醃魚讓他們帶上路，而Yukan這次也沒有打算讓遠方的親戚們失望。他想到自己過去是因為被人領養入贅到Sqoyaw而沒有舉行過婚禮儀式，心中難免有一點點遺憾。看著Nowa年輕時就從他身邊學習耕作、打獵，甚至還比其他青年人有著更聰慧的頭腦，他就覺得一定要把這次的婚禮，辦得比過去任何一個家族舉辦過的婚禮更盛大。所以，早在一個月前，Yukan就開始向住在Pyanan、Slamaw、Tabuk、Kayu、以及Mlipa的親人發出邀請的訊息。而接獲Nowa婚禮邀約的族人都知道，只要有人從Sqoyaw參加婚禮回來，必定會帶著那裡獨有的魚乾、醃魚返家。但是，像Yukan這樣大手筆地為Nowa和Sayun的婚禮，準備豐盛的山產和贈禮的婚宴，之後就不曾在Sqoyaw出現過了。

而在那一次的婚禮當中，Nowa也才從養母Pitay的口中聽到，其中一位從Mlipa（馬力巴）來的大表姊Mewas其實就是他的生母。當他知道親生母親也來參加自己的婚禮時，竟然沒有特別的感覺。他只在這三天當中，從忽醉忽醒、族人時而唱歌跳舞、男人酒醉互相吹噓、挑釁鬥毆的婚宴裡，好奇地看著始終緊貼在養母Pitay身邊的這個中年婦女。她的身

體雖然看起來很虛弱，但是她的皮膚還是非常白皙姣好。比起Sqoyaw的婦女，她身上有一種淡淡的憂鬱氣質，不過，只要有人向她敬酒，她又會立刻轉換成另一個表情，大聲地和Sqoyaw的其他婦女一起唱歌、狂笑。第三天，也是婚禮的最後一天，有些遠道而來的客人已經陸續離開，晚上來到廣場聊天、喝酒的，大部分都是Sqoyaw的族人和親戚。那一晚，Nowa看到了喝酒醉的Mewas，抱著他的養母Pitay痛哭失聲。Nowa始終不明白，Mewas為什麼如此地憂鬱？

NYuX
SPIawa'
Atayal
1935

第 六 章
Sakura 櫻

三天三夜的婚宴結束，親戚、族人幾乎都已經離開Sqoyaw。Mlipa的頭目Walis和他的妻子Mahong，以及舅子Silan、Mewas四個人，被Yukan特別留下來多待一晚。一直到第四天的清晨，他們才跟著Mlipa駐在所的巡查離開。

　　離開之前，Mewas偷偷交給Pitay一個陳舊的墨綠色絨布小方盒，打開盒子可以看到乳黃色的緞面襯墊裡，嵌著一支黑色筆身、有銀色箭頭筆蓋的鋼筆，靠近筆尖的襯墊還染著一朵櫻花大小的黑墨漬。

　　「Mewas，妳怎麼會有這個？這是什麼？」Pitay從來沒有看過這麼精緻的筆，即使是駐在所裡的日本警察和小學的校長，也沒有這麼精緻的筆。

　　「Pitay，這是一隻紀念的鋼筆。我帶在身邊20多年了，幾乎沒有用過。這是那個人……離開的時候送給我的禮物……」

　　「妳是說，Nowa的親生父親嗎？」Pitay看不懂盒子上面的英文字，只認得出乳黃色的緞面襯墊上方那一個「51」的數字。

　　「Yukan帶走Nowa那一天下午，我先把身上唯一一張、有那個人寫上『紀念』兩個字的照片燒毀。記得當時，我和那個人拍了兩張照片，其中一張是我們的合照，但是他離開的時候，沒有留下來，我也從此再沒有遇見過他。隔了很多

年，我只聽到Nowa出生前三個月，那個人又陪著當時的日本總督和更多探險隊員，上合歡山做調查。」

「哎～Pitay，妳知道心像是一個黑洞的感覺嗎？那時候，我對於未來已經完全沒有希望了。Nowa一被抱走，我就帶著一顆絕望的心走到家裡後面的樹林上吊自殺。剛好被我的舅舅Silan看到了，他把繩子砍斷，叫兩個年輕人一起把我抬回霧社療養所急救。到我離開霧社的時候，我還是一直隨身帶著這一支鋼筆，後來我又嫁到Skikun（四季）……」

「我知道，妳嫁給那個泰雅族的公醫師……」

「Pitay，我回去以後，我想請妳把這一支鋼筆交給Nowa好嗎？」

Nowa坐在屋前看著最後一批親人的身影消失在山路的盡頭後，起身走進屋裡問他的養母Pitay：「Mewas是怎樣的人？」後來，Nowa才知道自己白皙的皮膚不僅遺傳自擔任護士的生母Mewas，還有一半是遺傳自20多年前到玉山、南湖大山以及合歡山進行探勘的日本軍官。

事隔多年，Pitay才聽她的表姊Mahong親口透露，Nowa的生父是一位在台北總督府擔任非常重要職務的文官，但是Pitay從來沒有再向Nowa或是自己的女兒Sayun，透露任何關於Nowa生父的訊息。

雖然這已經是20年前的往事，但Mlipa的頭目Walis仍然清

楚地記憶著──當時一從妻子Mahong口中得知，女兒Mewas因為照顧生病的日本的繪圖技師而懷有身孕，就立刻和舅子Silan衝到霧社療養所把女兒Mewas強行架回Mlipa。除了不准她再回到霧社，也不准她走出家門。甚至命令Mewas，誰都不准許和她見面、說話。

「嗚～Walis，我求你，不要再把女兒趕走，當初是你硬要她不必紋面，叫她跟其他部落頭目的女兒下山去當護士……」Mahong看到女兒Mewas一身狼狽地被丈夫和弟弟一起架回Mlipa，就開始啜泣。

「哼！叫她去當護士哪有不好，但是她的眼睛看到哪裡去？我寧願她去死，也不願意她嫁給年紀大到可以當祖父的日本軍人，到最後，像馬赫坡頭目Mona的妹妹一樣，被日本警察拋棄，最後無家可歸……」Walis一想到那個繪圖技師整整比他自己大了10歲，就覺得氣憤。

「你是知道的，Walis，Mewas是一個善良的孩子，若不是被命令去旅館照顧那個人，也不會隨便……」Mahong才說一半就被打斷。

「隨便？既然妳都開口了，妳知道嗎？那個時候，霧社那邊的警察都在傳話，說她啊，不僅陪那個日本人去埔里，回來之後還陪他到塔羅灣溪邊的溫泉招待所……」Walis氣得手指、瞪眼，但看到女兒Mewas早已泣不成聲，就把話收回

去。

「⋯⋯哎，這些日本的警察和軍人，明明都已經有妻子、小孩，還要跟我們的女孩子結婚，等領到補償津貼，三年之後還可以一走了之⋯⋯」接著，他用命令的語氣說：「反正這件事啊，不能被日本警察知道，也不能被其他人知道。孩子一生下來妳就趕快送走，愈遠愈好⋯⋯」說完後，他走進穀倉裡，隔一會兒就見他背著獵槍、腰間繫上獵刀，大聲呼喚他的獵狗paris（敵人），頭也不回地往合歡山的方向走。

Walis和Silan從霧社療養所強行架走護士Mewas的事情，立刻引起霧社駐在所的山崎主任和療養所醫護人員的關切。山崎主任打電話請Mlipa（馬力巴）警察駐在所的下山主任，上門關切Mewas的近況。但是因為Walis的禁令，Mahong對外人的關切，一概都說Mewas自從去了埔里之後就感染了瘧疾，因為有傳染的危險，所以不能出門。

實際上，Walis和Mahong都知道，之前馬赫坡頭目Mona的妹妹下嫁給道澤駐在所的近藤巡查，結果被日本警察遺棄、一走了之，而他們只是不想讓這樣的悲劇發生在女兒的身上。

當時Mlipa已經進入6月初夏，但只要想到Mewas日後可能沒有美滿的歸宿，Mahong的心底就感到陣陣的悲涼。

在Mewas被父親Walis強行架回Mlipa的三個月前，霧社的山坡上一如平常，開滿了雪白的野生山櫻花以及從山下移植來的緋紅櫻。但也因為一波波出奇的寒流，使得在3月中旬的霧社街道遠眺合歡山和奇萊山的主峰，仍然可以看到發出銀光的積雪。那幾天，霧社療養所不時有一些，被日本警察強行指派搬運檜木搭蓋公學校的伐木工人，來要求敷藥和包紮傷口。護士Mewas只要是看到從Mlipa來的工人，就會特別細心地幫他們敷藥，並詢問部落家人們的近況。許多日本眷屬會背著嬰兒或牽著發燒、流鼻涕的小孩，也在醫療所的門前排隊掛號，希望從埔里來駐診的公醫師能為她們的孩子治病。

就在同時，有一群探險隊從埔里途經霧社準備前往合歡山探險。他們的目的是為了探測太魯閣一帶的地形，以便隔年派出軍隊去攻打住在深山裡的太魯閣族人。選在這一個時間點，正好是前一年夏天，日本警力全面投入台灣北部「隘勇線前進」的武力鎮壓高峰期過後，而在天氣晴朗、視野開闊的季節上山，才有可能招募到足夠的探險隊員。否則，一過了4月，北部的警察則要再繼續隘勇線前進的任務，所以合歡山的探險行動必須趕在3月進行。

實際上，這是一群以實施「強硬探險」為目標的隊伍，最終的目的是要貫徹日本總督佐久間左馬太交託的任務，在

「五年理番事業」的最後一年，完成攻打太魯閣番的計畫。

1913年3月16日，探險隊浩浩蕩蕩從埔里出發，傍晚抵達眉溪先過一夜，隔天清晨再從眉溪出發，通過人止關，上到霧社。他們在經過霧社時，有一些隘勇兵和腳夫因為咳嗽、發燒，便走進霧社療養所，要求駐診的公醫生給他們一些備用藥品帶在身上。因為他們主要負責背負補給物品：五天份的白米、副食品、帳篷、炊具，所以南投廳的邊淵警務課長就命令巡查帶著他們先去診療，再趕上前進的隊伍。測量儀器與攝影設備，是這一趟任務最重要的器材，所以交給探險隊的測量人員和攝影人員自行攜帶。至於警備人員，每一個人都配備一支步槍和70發子彈。他們另外還準備了2,000發的備用子彈搬運上山。

當286名探險隊人員在櫻峰分遣所集結完成、搜索隊的編組完成，探險隊長正準備下令探險隊出發前往合歡山時，天空突然下起了大雨，他只好延後下達命令。結果一連三天降雨不斷，整個行動受到阻礙，連帶也消耗了不少的補給糧食。他們以電報向台北測候所查詢天氣，得到了隔天天氣將會放晴的回電。果然第四天起，天氣就開始放晴。探險隊長抓緊時機，立刻與各部隊長、分隊長及班長開會，並且下達命令：

1、探險隊於3月21日凌晨5點半出發，沿合歡山稜線前進，當天抵達合歡山頂露營。

2、行進順序如下：

（1）別働隊（派30名番人走在最前方，執行嚮導與搜索任務）

（2）第二部隊

（3）幹部隊（探險隊長、隊員、搜索隊長、屬員）

（4）第一部隊

（5）輸送部隊

3、每人攜帶行動口糧。出發前夕8點以前，輸送部隊向每人分配出發日的早餐與午餐飯包。抵達露營地後，輸送部隊炊煮晚餐。

他們凌晨5點半從櫻峰出發，由Mlipa的頭目Walis和20多位部落的年輕人，擔任走在最前方的「別働隊」，接著由第二部隊、幹部隊及第一部隊夾在隊伍中央依序出發，最後才是輸送部隊。

出發之後，突然濃霧四起，前方的視野幾乎不到5公尺。到了中午，頭目Walis聽到走在最前面的部落年輕人傳話回來說：「現在山頂積雪很深，寒氣逼人，根本沒有辦法忍受。」依照過去打獵的經驗，Walis馬上向探險隊的隊長

建議：「像這種天氣，千萬不要在山頂露營，沒有人可以忍受寒氣。在山下的合歡溪附近有一座獵寮，可以先到那裡紮營，等天氣放晴，大家再登上山頂。」

身負重任的探險隊長不僅不接受Walis的建議，還對他說：「你們都已經領到防寒的外套和毛毯，所以要按照命令爬到山頂。」無論他如何勸解，Walis頭目和他帶來的青年都不聽從。在不得已的情況下，他只好先派同行的總督府財津技士先到合歡山頂查看，另外也派花蓮港廳的淵邊警部補，和擔任別慟隊長且是從馬赫坡駐在所調派來的近藤託囑，先下到溪谷查看Walis頭目建議要露營的地點，做一個比較。

本田警部補回來向探險隊長報告：「Walis頭目主張的地點很遠，而且還要走回頭路下到溪谷才能找到，所以不適合今天晚上過夜。」

總督府的財津技士因為在山頂找到了適合露營的地點，所以探險隊長准許Walis頭目、馬赫坡的近藤託囑和十多位Mlipa來的青年到合歡溪谷露營，並且約定隔天一早到山頂集合，其他人員全數往山頂移動。

探險隊伍選擇的露營地點，是合歡山頂向南延伸1公里的分水嶺上。但是，像這樣的地點，連動物都無法忍受半夜驟降的氣溫，更何況是人類？這也是為什麼有獵場經驗老到的Walis頭目，堅持要帶族人下山露營的原因。

探險隊伍在下午4點抵達露營地之後立即紮營、生火炊煮晚飯。其他的隘勇和巡查也很快地配置安全警戒線，可是短短不到一個小時，風勢開始轉強，驟雨一陣、一陣襲來。再過一個小時，竟變成了狂風暴雨來襲，強烈的陣風吹破廚房的帳篷，炊火也被大雨熄滅。不得已，探險隊長命令他們放棄炊事，叫大家先吃口糧。

　　到了深夜，風勢愈來愈強，極速的氣流夾著冰雹、冷雨從四處襲來。探險隊長查看隨身攜帶的溫度計，顯示氣溫已經降到-3度。在風狂雨暴中，所有帳篷傾倒、破裂，每一個探險隊員佇立在淒風苦雨中，有人受不了寒凍開始哭號。首先，被強迫留在山頂露營的部落青年率先走避，接著隘勇和腳夫也陸續逃往山下。一時之間，探險隊的幹部命令搜索隊員盡力阻止人員逃亡。一直到了清晨清點人數，竟有將近一百多位隘勇和挑夫已不見人影。探險隊長眼看這種狀況已無法執行既定計畫，最後只好忍痛宣布：「全隊冒著風雨急速撤退到櫻峰分遣所。」

　　因為沒有人手搬運裝備，他們只好把糧食、炊具、帳篷、毛毯等物品，全部丟棄在山頂上。探險隊員只帶走了測量原圖、步槍、子彈和測量器材等重要物件。當他們走到一處山坡，發現在急坡下，腳夫一個、一個倒臥在那裡，想要把他們抱起來，卻發現都已經凍僵很久了。再繼續下行到一

個岩角，風雨開始轉急，根本無法移動腳步。腳夫們一個、一個倒下，原本只有手腳凍僵麻痺，最後連身體也失去知覺，接著，他們沉沉地昏睡、倒地，最後斷氣。

想要幫助的人，也因為手腳開始麻痺，不敢停留。他們眼睜睜看著倒地的隊友即將凍斃，卻只能一面惻然、一面流淚，悲傷地跨過倒地者的身體快速逃往山下。下午3時，待全體人員撤退到櫻峰分遣所後，開始清點人數，才確定有89個人已經在山上凍死，其中9名是隘勇，80名是腳夫，但是沒有任何一個從部落來的人傷亡。

山難發生當天，霧社療養所接到櫻峰分遣所的通報，希望儘快騰出幾個病床，讓受傷的探險隊員接受治療照顧。Mlipa的頭目Walis和青年人傍晚從合歡溪獵寮回到櫻峰分遣所時，就看到一些腳夫和其他部落的青年奉命從霧社上山來，把嚴重受傷的隊員挑回霧社療養所接受醫治。其他沒有受傷的隊員，則立刻獲得熱食和乾燥的衣服。

在眾多傷患中，Walis一眼就看到揪著眉頭、滿臉沮喪的探險隊長，痛苦地癱在分遣所的一張籐椅上。一通電話打進來，櫻峰分遣所主任接獲指示，命令剛剛抵達分遣所的Walis頭目和他的小舅子Silan，立刻和幾位青年先護送探險隊長回到霧社療養所接受治療。原來，在清晨下達緊急撤退的命令之後，探險隊長在途中不慎被強風吹落至10公尺深的山溝

裡。當兩位部落青年合力把他從山溝裡背上來時，他因為極端的痛苦而陷入昏迷狀態，一直到挑夫們協力把他用擔架抬回櫻峰分遣所後，他才又逐漸恢復意識。但此時的他已經因為肋骨斷裂，痛到無法開口說話。

因為固執、急於搶功而沒有聽取Walis頭目建議的探險隊長，平躺在Mlipa青年扛起的軍用擔架上，由Walis頭目和Silan一前一後舉著火把照路，快速趕回霧社。在蜿蜒的山徑上，年輕人謹慎地儘量不讓擔架上的探險隊長感到顛簸、疼痛。

而隊長一路上都閉著眼睛、眉頭緊鎖，只在接近見晴農場附近時才開口要水喝。

當一行人在深夜走進霧社大街，就看到櫻旅館依然燈火通明，外頭還站著許多警丁。霧社分室的山崎主任、Mlipa駐在所的下山主任，和一位從埔里緊急上山的日本公醫，已經在櫻旅館大廳等候多時。因為一時之間，霧社療養所湧進大批受傷的探險隊員，因此他們直接把極度疲累而陷入昏迷的探險隊長，送進櫻旅館二樓最大的房間裡讓醫生診療。經過初步診斷，可能是創傷性骨折，但是公醫師表示，仍然需要觀察是否有肺部挫傷或是動脈破裂的情形。聽完醫師的診斷報告，霧社分室的山崎主任立刻回到辦公室，打電話向上級回報。隨後，他再回到櫻旅館，指示從埔里來的日本公醫必須要在霧社診療所全天待命，一直到探險隊長脫離險境。他後來安排兩名警丁在櫻旅館門口擔任護衛，並交代除了公醫可以進入二樓的房間診療外，其他人都不可以接近探險隊長的房間，以避免傷口感染。

整整一個星期，探險隊長因為傷口發炎陷入高燒昏迷。公醫師請人從台中送來許多抗生素、止痛劑，希望能控制發炎的傷口、不再惡化。為了保持病人恆常的體溫，不會因為服藥或發燒流汗的身體失溫而忽冷忽熱，公醫師取得霧社分室山崎主任的同意，安排霧社療養所的護士Mewas可以進入櫻

旅館的二樓房間，定時協助探險隊長服藥、更換汗溼的內衣和被排泄物污穢的內褲、床單。剛開始，探險隊長的咳痰中還帶有血塊，在護士Mewas持續注射抗生素、協助他服用消炎藥和止痛藥後，終於慢慢變成淺黃色的痰。他因為多日沒有進食，臉色蒼白、體態日漸孱弱，有時在夜半因為夢囈咳不出痰，或者因為用力咳痰，卻造成胸腔撕裂的疼痛而無法換氣。幸好因為有Mewas悉心在旁照料，都能及時化解病危。

從陸軍陸地測量部修技所畢業的探險隊長，學習過物理、化學、代數、算術、平面幾何、立體幾何、平面三角測量的專業技能。其實，他更擅長的競技是劍道和相撲，許多同時期從修技所畢業的同學私下都稱他「繪圖二刀」，意思是他可以一手執筆繪圖、一手持劍突擊敵人。然而，當年的「繪圖二刀」此刻卻身處異鄉，因為一時的大意和疏忽，幾乎命喪台灣的高山。

他回憶起10多年前的春天，跟著陸軍二軍團成功搶灘登陸遼東半島的庄河。他們一躍下登陸小艇，就從望遠鏡裡看見北方的千山山脈頂峰還積著靄靄的白雪。他跟隨部隊，沿著海岸與其他軍團一路殺往南方的金州灣。就在即將抵達金州的前一天，他們駐紮在一個叫做得勝鎮的鄉間。為了能夠把大連沿海的地理位置和精確比例圖繪製出來，他趁夕陽西下之際，和他在修技所同一期畢業的下松士官帶著幾個士兵

和繪圖士，登上一座小山丘，以觀測大連沿海地形。他們原本已經順利完成測量原圖的描繪與記錄並打算返回營地，他卻臨時起意，想再把北方千山山脈的地勢用測量儀器觀察一遍，於是他和同學下松士官留在原地繼續觀測，並吩咐警戒的士兵和繪圖士先行離開。這一次，他和下松幾乎命喪在同樣對於高山的摯愛和迷戀——他們一個熟練地操作測量儀，一個低頭繪製觀測到的原圖。北方的千山山脈延伸向遼東半島東西側的地勢，在最高的山頂堆積著靄靄的白雪。這時，他們都沒有注意到一個俄國陸戰隊的士兵手持一把利刃，趁著昏黃的餘暉，悄悄從他們左前方的草叢摸上山丘。此時，有著「繪圖二刀」綽號的那一位繪圖士官的雙手，早已準備從繪圖紙上緩緩移向尖刺的利刃，以利出擊。他先推開下松和測量儀，接著一個勾腳和近身摔，瞬間把俄國陸戰隊士兵擊倒在地，在他正要用右手上的黑色parker "51" 鋼筆刺進士兵的喉嚨時，卻聽到了女人的尖銳叫聲——

「啊～住手啊～」山下兩位士兵聽到女人驚聲尖叫的聲音後，立刻轉身衝向「繪圖二刀」所在的位置……

「發生了什麼事？」兩名警丁持槍衝上櫻旅館二樓，接著用力拉開繪滿櫻花的紙糊拉門。他們看到探險隊長把護士Mewas壓在床榻上，而他的浴衣已褪到腰際，赤裸的上半身用繃帶纏著腫脹的胸腔，他正用雙手掐著護士Mewas的脖子。瘦

弱的Mewas扭動雙腳掙扎著,她的護士帽、消炎藥、止痛藥散落在地上。探險隊長一回神,發現他赤裸上身,跨坐、壓制在一個年輕的護士身上。她的雙眼充滿驚懼的淚水,潔白的護士服被剛才的近身摔扯破一大片,他鬆開雙手,看了一眼護士半露的肩膀和胸部後,一陣閃電般的疼痛從胸腔發出,他再度陷入昏迷。連續三天,探險隊長持續發高燒,他的病情再度惡化,甚至又咳出帶有血色的膿痰。而Mewas也因為被扭傷了右手腕,只能用左手為他擦拭汗溼的身體、更換乾淨的和服和床單。

第11天清晨,他突然睜開眼睛,先稍微側身向左,便看到距離兩張榻榻米的角落有一個側身蜷曲熟睡的女孩,她將自己的臉孔枕在右手臂彎裡。他注意到房間的兩扇窗都拉開了5公分的空隙以便讓空氣流通。他的腳下有一個梧桐木的四角火缽,火缽中央架著一個微微冒出蒸氣的水壺。這一個用黑檀木做裝飾邊條的火缽還設有三個黃銅拉環的小抽屜,幾乎跟他在靜岡老家的火缽一模一樣。

靠近窗邊的茶几上插著一支素淨的紅色山茶花,幾個大小不一的檜木桶和勺子擺在拉門旁邊。他看到櫥櫃旁放著他的軍用背包和繪圖器材,另外幾件摺疊整齊的乾淨睡衣、毛巾則放置在櫥櫃旁的小置物架上。他注意到黑檀木的平台上有一套乾淨的軍服,最上層放著他的金框眼鏡。他想起身拿

眼鏡，卻突然感到一股撕裂的刺痛從右胸腔直衝腦部。

「啊～痛！」他一叫出聲音，Mewas立刻驚醒，半蹲半跪著、用左手撐著身體，屈膝向前查看他的狀況。

「呃～那個……先不要亂動，醫生說，你的右胸肋骨受傷了，幸好沒有嚴重斷裂刺傷你的肺部……」Mewas用左手拿起一塊乾淨的毛巾，幫探險隊長擦拭額頭上的汗水。「那個……衣服都溼了，要先換一件乾淨的……」

「Noro！我叫做Noro！」

「喔！是。Noro先生，我叫Mewas，是霧社療養所的護士。我父親是Mlipa的頭目Walis，是他和我的舅舅Silan把你帶下山的……」

「我在這裡多久了？那些人，還在山上嗎？」Noro想到之前造成89個人喪命的山難，便眼眶泛紅、開始流淚，他原想避開Mewas的臉，卻因為右胸腔的刺痛無法側身向右。

「Noro先生，今天已經是第11天了，其他登山隊員都已經下山回到埔里了。霧社分室的山崎主任在你住進來的第二天，就叫我的父親和其他部落的頭目帶著搜索隊去尋找失蹤的人。但是因為連日下雨，許多部落的年輕人在懸崖下發現多具屍體。他們後來上山搜索兩次，一共找到了34具屍體。我的父親他們事後還在櫻峰駐在所前面殺了兩頭豬，用泰雅族的方式祭慰祖靈和那些去世的人。」Mewas邊說，邊用手上

的毛巾為Noro擦拭汗水和淚水。

「喔？妳的手？」Noro注意到Mewas的手腕裹著厚厚的繃帶。

「啊？這個……三天前，不小心滑倒……」Mewas轉過身，從床頭邊另一疊整齊的衣物中抽出一件乾淨的睡衣。「Noro先生，醫生說，可以的話，你要盡量坐直，試著深呼吸。雖然會很痛，但是這樣會比較快復原。我慢慢扶你坐直後，再換一件睡衣……」

「啊……痛、痛、謝謝……。這幾天是妳在照顧我嗎？真的麻煩妳了。」等Noro坐直了以後，Mewas遞上乾淨的睡衣，卻發現他還是只能自由地伸展左手臂，右手則完全無法動彈。

「Noro先生的右手可以試著伸直嗎？」Mewas輕柔地抽出汗溼的浴衣，並示意Noro轉動身軀。她迅速地為他套上另一件乾淨的浴衣，之後把換下來的浴衣放到拉門旁邊的一個檜木桶裡。

「咳……咳……，啊，右邊的胸口還是很痛。連呼吸，也會痛。不過，我覺得應該可以起身走一走。這段時間，麻煩妳了……」Noro看到拉門旁邊擺放著大小不一的檜木桶子，有些盛了半滿的冷水，有些加了蓋子以便讓木桶裡的水能夠保持溫度。看起來，就知道是可以隨時幫病人擦拭髒污

的身體和更換衣服、床單的臨時裝備。

「Noro先生，這是我應該做的，我也希望您能夠儘快復元。這段時間裡，埔里的張醫師也會幫忙上山來診療，他說您有一位同事從台北的總督府打電話來拜託他，希望能夠特別關照您的傷勢和病情。正好，我的父親今天一大早從Mlipa帶了幾條新鮮的高山鱒魚。因為他聽說了您的故鄉靜岡也出產鱒魚，便想說可以請旅館的老闆娘秋子小姐為您煮味噌魚湯……」

「啊，一定是平岩山駐在所的下松主任告訴你父親的，我一聽到鱒魚，傷口都不痛了！現在真想立刻走到樓下去喝一碗熱騰騰的味噌魚湯……」

「Noro先生，我先下樓拜託旅館的老闆娘晚上為您準備煮魚湯。啊，對了，秋葵也是您故鄉的特產，對嗎？要不要先……」Mewas一提到秋葵，Noro沒了原先一臉的愁容，馬上展現難得一見的微笑。

「啊！秋葵，是我的最愛！拜託妳了……」Noro露出像是一個小孩正在拜託媽媽煮一道料理的表情。

「啊，哈哈……Noro先生想家了……」

四月的初春傍晚，霧社街頭的人馬雜沓很快就被夜霧籠罩吞沒。靠近櫻旅館旁邊的雜貨商店門前，偶爾會傳出幾聲，剛用山產交換太白酒的泰雅族獵人們的酒醉談笑聲音，

只聽他們邊唱、邊叫囂著慢慢隱沒在遠處的森林裡。其餘的，就只剩下隨著夜風吹襲擺盪、晝夜不停灑下雪白花瓣的霧社山櫻花樹，在昏黃的街燈照映下，層層疊疊地把細瘦的影子，交織成爬行在地上的怪獸。

櫻旅館的老闆娘秋子，正準備把剛從廚房煮好的味噌鱒魚湯端上二樓，由於她的身材略為豐腴，因此樓梯才爬不到一半，就開始氣喘吁吁地用她特有的關東腔調、尖聲地朝樓上的房間喊著：「呼……啊呀～Mewas小姐、Mewas小姐，呼……妳早上吩咐的橫濱味噌魚湯、水煮秋葵都送上來囉……」

「噓……」Mewas拉開紙門，示意秋子小聲一點。「病人剛剛又在發燒，吃了埔里張醫師開的消炎止痛藥後，又陷入昏睡中了。」Mewas接過秋子手上的托盤，裡頭有一碗熱騰騰的昆布味噌魚湯、水煮秋葵、黃色的醃蘿蔔，和一碗中間鑲著一顆紅色梅子的清粥。

「啊呀～我聽平岩山駐在所的下松主任說，Noro先生應該會非常期待你父親從合歡溪裡抓來的鱒魚？光是熬這一鍋湯，我從早上就開始熬豬骨、生薑、昆布、蘿蔔……，啊～呀～妳看這味噌魚湯的顏色就知道，是我們老家橫濱那裡出了名的拉麵店才有的湯頭呢！」櫻旅館的老闆娘秋子才不過30出頭，但是她姣好的白皙皮膚和出落大方的待客手腕，

常常吸引一些伐木的工頭以及日本警察慕名而來。她和櫻旅館的老闆山田先生，五年前從埔里搬上霧社來經營這一間旅館，所有大小的事務幾乎都交由老闆娘來處理。至於山田先生，則是經常往返霧社和埔里之間，進行一些日常物品的交換買賣而很少待在店裡。當然，有些慕名來櫻旅館吃老闆娘道地橫濱料理的伐木商和日本警察，除了思念家鄉風味，其實還企圖想和這一位霧社出了名的橫濱姑娘，沾染些打情罵俏的內地風韻。說穿了，這些沒有家室陪伴在身邊的日本男人，都知道櫻旅館的秋子其實是山田的二太太，而山田自己在埔里還有一個從內地來的正室以及三個孩子。要不，他們就只能羨慕以「政略婚姻」的名義，奉准婆部落頭目的女兒或妹妹的駐在所主任、巡查，可以公然地享受這種齊人之福的待遇。

櫻旅館的老闆娘秋子壓低了聲音和Mewas交談著，不一會兒，整個房間充斥著濃郁的味噌魚湯味道，它從鼻孔裡穿進Noro的咽喉、胸腔……，吸第一口氣時還有些微疼痛，再用力吸第二口時，微辣的生薑辛味夾雜著蘿蔔的清甜，把他的記憶帶回了思念的故鄉。

「哇！秋子小姐果真是料理專家，我第一次看到家鄉溪裡的鱒魚，可以煮成這麼道地的日式味噌湯。我們從小在Mlipa，經常只是鹽漬、煙燻，或是用薑煮湯就上桌了。」

「啊呀～這樣料理實在太可惜了，在日本內地，這種鱒魚只出產在高山上的溪流裡呢！哎！可憐的Noro先生，如果可以嚐一嚐我煮的魚湯，一定馬上復元……」

聽到有人低聲叫自己的名字，Noro睜開了眼睛：「啊？對不起，我又睡著了，現在已經是晚上了？」

「是的，您早上吃了消炎藥之後就一直睡到現在。不過，現在正好可以起來吃些東西補充體力了。您看，秋子小姐特地煮了您最喜歡的味噌魚湯和秋葵。」

「啊？謝謝，怪不得我在睡夢中，以為自己回到了我的故鄉靜岡，原來是真的有味噌魚湯啊？那麼我就不客氣了……啊、啊……痛……」

「Noro先生，我先扶您坐正，再把餐桌移到床頭。」Mewas小心翼翼地用左手攙扶Noro坐正，而Noro暫時還無法用纏著繃帶的右手使力。

「啊呀～Noro先生，你一定不知道三天前，你在睡夢中，使勁地把正在照顧你的Mewas小姐摔在榻榻米上……」

「啊？秋子小姐，不要說……」Mewas邊阻止、邊把左手藏到背後。

「樓下的警察衝上來，看見您光著上半身，壓在護士身上呢……嚇得Mewas一直喊救命……啊哈哈……」

「哎呀？真是抱歉，我完全不記得有這樣的事情……」

Noro聽得半信半疑。「但是，若真的有發生這樣的事情，我要向Mewas小姐道歉！」

「沒事、沒事，我完全不會介意。Noro先生剛被送進旅館二樓時，病情相當嚴重，幸好埔里的張醫師當天帶來了一些抗生素、消炎止痛的藥。現在您可以慢慢恢復，都是張醫師的功勞。喔，對，張醫師說等您可以起身、坐正了，最好能下山到埔里去照X光片，再徹底檢查一下胸腔的狀況。」

「啊呀～我要先下樓照顧生意了。山田先生今天下午又下去埔里採買。Noro先生您請先慢用這些深山裡的粗菜淡飯，如果還有其他想要吃的食物或者是家鄉菜，我會特別打電話請山田先生從埔里為您帶上山來啊！」秋子退出房間門口，並蹲下身子順手把拉門關上。

「真的非常抱歉啊，把妳的手抓傷了……」看見Mewas纏著繃帶的左手，Noro露出一臉歉疚的表情。

「沒事、沒事，只是一點瘀傷，很快就好了。來吧，趁熱先把魚湯喝了。我來協助您，嚐一嚐秋子小姐的拿手料理……」Mewas把小圓桌移到Noro的右前方，再用左手拿起木柄的橢圓形湯瓢，順手舀了一小瓢的味噌魚湯送到Noro的嘴邊。而他首先聞到的不是魚湯，而是一股從女孩身體裡散發的幽香。

「啊～我真的……」Noro原本想要拒絕Mewas，但是

一看到她純真的眼神和笑容，他的心頓時像是注入了一股暖流，好久、好久沒有感受到這種被寵愛的感覺，尤其是眼前這樣一個，散發如白色的霧社山櫻花般燦爛笑容的番族女孩，正一瓢、一瓢地將他內心長久的空虛和寂寞填滿。他突然慢慢傾身向前，伸出右手輕輕抓住Mewas的左手臂。因為怕魚湯灑出湯瓢，所以Mewas一動也不動地，隨著Noro牽引的方向，把自己的臉孔貼在他的左肩上。

「砰噗、砰噗、砰噗……」Mewas聽見自己的心跳聲音，「好香啊，什麼味道？」像是一個世紀之久，Noro突然開口說話。

「櫻花，白色的山櫻花正在盛開……」話還沒說完，Noro就順勢把自己的嘴脣，滑向左肩下那一張小臉頰上的紅脣。他的左胸腔夾雜著劇烈的疼痛和興奮的心跳，血液頓時沖散了沉積10多天來的鬱結，而嘴脣上嚐到的是一種血氣方剛的青春愛戀。他知道如果放開手，內心裡的寂寞、空虛又會立刻化為無止境的疼痛，他瞬時回想到遼東半島的那一座山丘，對，就在得勝鎮的那一座山丘。若不是堅持於高山的摯愛和迷戀，他絕不會讓自己置身險境。Noro似乎又記起了三天前的夢境，他瞬間轉身絆倒那個高大的俄國陸戰隊士兵，再用左手壓制對方持短刃的手臂，然後猛力地用手上的黑色parker"51"鋼筆刺進他的頸動脈裡……

這一次，顧不得右胸腔的劇烈疼痛，他輕輕地轉身，把貼在左胸前的小女孩壓倒在他的身體下。Mewas沒有驚呼救命，她深怕自己胡亂扭動會加劇Noro胸腔的疼痛。

Noro用左手撐著身體，右手緩緩褪去Mewas護士身上的白衣，然後慢慢地撫摸她的乳房。他感覺到指尖有一股賁張的負壓傳到他胸腔內，他想忍住呼吸，卻無法控制不斷加速的心跳；他愈想控制慾望的衝動，反而愈讓胸腔內的壓力不平衡。紊亂的血液循環，幾乎讓他休克。他再度緊皺眉頭、閉起雙眼，接著微微弓起了身子、垂下額頭，從鼻子呼出一口氣，再順勢讓自己的嘴脣緊貼在Mewas的脣上飢渴地吸吮，

然後再用鼻子大口吸氣。緊接著，他以不拉扯胸腔肌肉疼痛的半傾斜姿勢，微微地用腰間的力氣，把自己緊密地黏貼在Mewas的雙腿間，貪婪地抽動著。

「我這個待罪之身，僅能祈求上蒼的饒恕，鑄下如此巨大而無以彌補的疏失，尚請各方能夠諒解……」Noro閉著眼睛，回想著合歡山上的寒冰暴雨一次、一次地襲來，他僅能抓住一個柔弱溫暖的軀體，把內心裡的憤怒與恐懼，用盡力氣衝撞與摧毀……直到戰勝了隱藏在內心深處的罪惡感，將它們盡數宣洩而出。「啊～」他低聲嘶吼著，然後全身癱軟地壓在Mewas身上。

Mewas一動也不動。梧桐木火缽上的鐵鑄銅壺冒出縷縷的蒸氣，窗外的霧社山櫻花，也在夜風的陣陣吹襲下，一片片、一片片地灑落白雪似的花瓣。

N Y u x
SPI awa'
A t a y a l
1 9 3 5

第 七 章
parker "51" 派克鋼筆

在Mewas的悉心照料下，Noro很快就可以藉由她的攙扶走下一樓的餐廳用餐。埔里的張醫師來看過幾次他的情況，認為應該還是要下山照一下X光片，比較可以確認胸腔肋骨恢復的狀況。Noro原本還推託著不需要下山照X光片，但是一聽到張醫師說要請Mewas陪他一起去埔里，他就答應請張醫師安排檢查的時間。

Noro在住進櫻旅館休養的第19天傍晚，護士Mewas接到埔里張醫師打來的電話，說隔天下午可以安排Noro照X光片。不過，因為等待沖洗照片需要等候一天時間，所以第一天晚上會先安排Noro住在埔里的旅社。當然，若是Noro願意的話，第二天再依檢查的狀況，決定是否直接請他住進埔里公醫院的病房，接受照顧與治療。

Mewas掛上電話，心中升起一股莫名的悵然。她轉身慢慢走向往二樓階梯的玄關。櫻旅館的老闆娘秋子從廚房裡探出頭來叫她：「miko、miko……等一下要請Noro先生下來用餐嗎？miko……？」Mewas完全沒有聽到叫她的聲音，她失神地繼續往二樓房間走去。

她蹲下身，輕聲請示要拉開房間的門，「對不起……」門一拉開，她看見Noro盤坐在一張小書桌前，專注地在一本筆記簿上抄寫他半個多月前上合歡山帶回來的測量紀錄。

「對不起，Noro先生，剛剛接到埔里張醫師打來的電

話……」

「哦？他怎麼說呢？」Noro淡然地回應，他右手握著一支鋼筆，繼續振振抄寫眼下一疊測量圖上的資料。

「張醫師說，明天下午可以安排Noro先生照X光，不過最快要等到隔天才可以把照片沖洗出來。另外，他說，Noro先生也許可以轉到埔里公醫院……」

聽到Mewas說「轉到埔里公醫院」，Noro立刻停下抄寫的動作。他緩緩抬起頭，看見跪在拉門前的Mewas眼神似乎有些落寞。他放下手上的鋼筆，輕輕嘆一口氣說：「哎，是啊，我也該下山了……」

這一天晚上，Mewas依照Noro的指示，請秋子把晚餐送上二樓。他另外也多要了一瓶日本清酒。知道Noro有可能會是最後一晚住在櫻旅館，秋子特別準備了鹽漬一夜的高山鱒魚、柴魚味噌豆腐、水煮秋葵，另外還特地用附近見晴農場送來的新鮮牛肉，料理一道馬鈴薯燉牛肉。兩天前Noro託櫻旅館老闆山田先生從埔里買來的一套外出和服，正好也在這一天晚上送上山來了。

山田先生、Noro、霧社分室的山崎主任、醫療所的中村主任、Mewas和另外兩位泰雅族的護士，就在櫻旅館二樓舉行一場小型的餞別會。老闆娘秋子三不五時上到二樓送菜、敬酒、收拾碗盤。他們唱著懷念故鄉的日本歌謠，橫濱港、富

士山⋯⋯一遍又一遍。夜晚的星星在霧社與能高山的頂端天際閃閃發光,一群人在異鄉唱著思念故鄉的歌。歌聲時快、時慢,有時歡笑、有時含淚。整晚,Noro用右手緩緩舉杯向同桌的友人致謝,但桌面下,他的左手卻始終緊緊地握著Mewas的右手不放⋯⋯

　　隔天清早,Noro和Mewas雇用四位年輕力壯的挑夫把他們送下山。他們在中午前抵達觀音瀑布時,就看到張醫師派的三輪車夫來接他們前往埔里。Noro穿的是出發前三天託櫻旅館老闆山田先生從埔里帶上來的和服,因為他們兩個人的身材相當,所以他只要求選擇深色布料的和服以及外褂就可以了。山田先生還特地把和服放進一個新買的黑色皮革行李箱,讓Noro裝隨身的衣物下山。護士Mewas穿的是以乳白色點綴粉紅櫻花,另鑲金蔥花蕊在袖口和裙襬的和服,她在腰間繫著鮮紅帶揚和粉紅帶締,腳上穿的是鮮紅色點綴白色櫻花瓣的草履。她的和服是半年前在台中的公醫院接受醫護訓練結訓時,她最小的阿姨Wasiq(瓦夏)送給她的結訓禮物。雖然不是嶄新的衣服,但是穿在年輕女孩身上,立刻就散發一股成熟女人的韻味。

　　三輪車夫快步踩踏車輪踏墊,從觀音瀑布一路往埔里前進。Mewas雖然有些悵然若失,卻又掩飾不住難得有機會可以下山出遊的愉悅,沿路不時對著旁邊變換的風景和越過的路

人，發出會心的微笑。但是，只要一轉身看著Noro，卻又發現他一路怔怔地凝視著她。好幾次，兩個人四目相對，都是Mewas先發出微笑，Noro才露出淺淺的微笑。他很清楚地知道，這種感覺，是他在進入陸軍陸地測量部修技所之前，深深愛戀與追求自己妻子佐和子的時候才有的心境。沒想到過了20多年，竟然還會被一位來自高山部落的泰雅族護士，撩動這一顆不再年輕的心。

他一路上不斷轉頭盯著Mewas的側臉、向後盤梳的髮髻、裸露的頸項、捲翹的睫毛，他一遍又一遍專注地凝望，讓他不自覺地露出離自己心境遙遠的年輕男子才有的渴慕——他痴痴地凝望著護士Mewas的側臉。有好幾次，他有一股衝動想要把自己的嘴脣貼向右邊那一張洋溢著青春光澤的女孩臉頰。但是礙於前面的三輪車夫和沿途往來的行人，他只能怔怔地凝視著她。最後，他終於還是伸出了右臂把小女孩攬入胸懷，然後脫下和服外褂，披在Mewas的身上說：「還是有點冷吧？」Mewas只是柔順地依偎在他胸前，靜靜聽著風聲劃過右耳，以及左耳傳來溼熱的鼻息聲音。

在埔里公醫院的附近有一間日本人經營的日月旅社，張醫師預先安排了一間最大的房間，讓Noro和Mewas同住在一室，以便她能就近照顧病人。走進旅社，Mewas和Noro在一位女侍應生的引導下，緩緩走向旅社右邊的最後一間和室。

這一間旅社的中庭種了十一棵高大的松樹，樹下擺設了各式各樣的庭園石。庭園正中央有一座圓形的小池子，池子中間有一個噴泉水柱，不斷湧出水泉。Mewas好奇地停下腳步想看看池子裡頭有沒有魚。

「對不起，就快到了喔！」注意到Mewas停下腳步，女侍應生也停了下來。午後的陽光正好斜射在他們緩步前進的中廊，Noro則是同樣停在Mewas的身邊，仍然專注地凝視著她的側臉。他們的眼神同時被女侍應生的聲音喚回中廊，三個人繼續安靜地往前走。

不一會兒，女侍應生停下腳步，放下Noro的行李箱說：「到了。」門前掛著一塊用松木刻著「8」號的牌子。她接著拉開以松木精雕的拉門，此刻映入眼簾的是一間用花樟木與檜木裝潢的內室，從內室裡望向對面敞開的另一扇拉門，就正對著Mewas剛剛翹首顧盼的池子，而拉門旁邊立著一扇竹製的屏風，屏風旁邊有一個茶几，上面放著一台「日蓄」（日本蓄音器商會）生產的嶄新留聲機和一塊蟲膠唱盤。

「哇～好大的房間啊！」Mewas走進房間兩步後不禁驚呼，她才一轉身，又看見房間右邊有一張中間鑲著四方形鏡子的紅漆檜木化妝台，化妝台上插了一盤鮮花，而旁邊的牆上掛著一幅複製的版畫，Mewas第一次看這麼精緻的畫作，「哇～這一幅畫中的女人都好漂亮喔！」她轉身對著Noro

說，而他只是淺淺地微笑，然後說：「那是日本『浮世繪』最著名的大師之一，喜多川歌麿繪製的《江戶寬政年間三美人》，畫裡的女孩是有名的藝伎和茶室裡的姑娘。」

「啊？這個房間裡面還有一間獨立的浴室啊～」Mewas注意到化妝台旁邊有一扇半開著的木門，從門縫邊就可以看見白色的浴室瓷磚和一個可以浸身的檜木浴桶。「Mewas小姐，請把行李箱放在衣櫥裡，我們要準備前往埔里公醫院找張醫師囉，走吧！」Noro站在門邊，把手上的草帽戴起來準備繼續出門。

「喔，好的！」Mewas匆匆把行李放在房間壁龕的衣櫥裡，就跟著Noro走出旅社。他們坐上三輪車，繼續趕到埔里公醫院做X光檢查。

「Noro先生，您看起來恢復得很好喔。等一下照完X光片，我們會儘快沖洗好。順利的話，晚一點我把它帶到旅社向您說明病情……」張醫師在診察間檢視Noro的胸腔，並用聽筒檢查Noro前胸腔的呼吸聲音。

「請用力咳一下！」張醫師說。

「咳……，還是會痛。」

「請轉過去，再咳一下！」

「咳……、咳……」

「聽起來……還是有一些積痰呢，這幾天咳出來的痰是

什麼顏色呢？」

「喔，淡淡的黃色。」

「那好，看起來有在消炎了，我們待會兒就去照X光片。」

「張醫師，謝謝您。我也希望能夠快點確認胸部的傷勢，然後繼續上山，把合歡山的隘勇線前進和測量探查做更周密的計畫。」想到自己未竟的探險計畫，Noro又不自覺地皺著眉頭。他在Mewas的攙扶下，走進X光室。從照完X光片

到離開埔里公醫院，他一路上都沉默著，然後眉頭深鎖。

當他們坐著三輪車抵達日月旅社的大門口前，Noro突然開口說：「對不起，可以載到我到附近的理髮店嗎？我想剃頭髮和剃鬚。之後，還要到照相館去照相。」三輪車夫點了點頭，立刻調轉車頭。

不一會兒，三輪車夫停在一間掛著鋁製看板，上頭用紅色油漆寫著「高平理髮」的小理髮店門前。Mewas先走下三輪車，再慢慢攙扶Noro下車。走進門的時候，師父正坐在唯一的一張理髮椅上打盹。

「對不起，有客人要理髮。」Mewas輕聲叫醒師父。

「啊？是，對不起……」理髮師父是一位從大陸福州來的漢人，留著平頭與八字鬚，看起來將近60歲。看到一位日本人和一位小姐走進來，立刻從椅子上彈起來。他抓起椅子旁邊的毛巾，用力拍打椅背和椅墊，然後說：「請坐、請坐……」

「頭髮剃短，還要剃鬚。」Noro由Mewas攙扶坐上理髮椅，簡單指示完就閉上眼睛。Mewas從鏡子裡看到Noro的眉頭不自覺又深鎖在一起。她突然想起自己的父親，才不過30多歲，但是因為經年在山上做粗工和風吹日晒，看起來竟然比鏡子裡的Noro更蒼老。

「是的，沒有問題。」理髮師等Noro坐定後，把剛剛

拍彈椅子的毛巾圍在他的脖子上，再從牆壁的掛鉤上取下理髮圍巾，把它圍在Noro的脖子上。美娃思一個人靜靜走到後方坐下來，她看著肚子微凸的理髮師抓起剃髮剪和梳子，喀喳、喀喳地在Noro的頭上滑動。隨著一撮、一撮頭髮掉在地板上，她的眼皮也開始沉重地慢慢啪擦、啪擦往下沉。

今天早上下山前，Mewas還在櫻旅館門前遇到父親Walis和Silan舅舅，兩人正好背著一些烘乾的香菇和鹿皮來跟山田老闆做交換。她的父親看到她穿和服嚇了一跳，問她今天不是要上班嗎？她說：「埔里的張醫師要我陪Noro先生下山照X光片，順便帶一些療養所的藥品回來。」

「啊哈？太好了，Mewas，妳幫妳的最愛的Silan舅舅帶……一瓶回來？妳知道嘛……」和Mewas只相差5歲的希嵐（Silan）舅舅，從她有記憶以來，就一直住在他們家裡，他們兩個人的感情就像是兄妹一樣。

「Silan舅舅，我不是下山去玩啊，下一次啦，等我領薪水的時候……」Mewas說到一半，櫻旅館的老闆娘秋子正好走出來。

「哎，Walis，你們今天帶的山產只能換這些錢，現在太多人拿香菇下山交換，價錢愈來愈不好。還有，Silan上一次欠的酒錢我也先扣了……」

「哎呀？秋子小姐，能不能，再多算一點？我們從Mlipa

背東西下來，很辛苦。等一下還要買鹽巴、鍋子回去。」Walis算一算手上的錢幣，又把手上的錢幣伸過去打算還給秋子。

「不行、不行，你們上次喝的酒，我已經算很便宜了⋯⋯」

「可是，我們獵到的鹿都是從中央尖山那裡抓到的，比其他地方的鹿皮還要漂亮⋯⋯」Silan想幫姊夫Walis再多爭取一些利潤。這時，Noro從櫻旅館二樓走下一樓大廳，看到門外的有四個人像是正在爭論，其中兩個穿泰雅族服的人的腰間還繫著獵刀。

「aba，naga saku cikay ha⋯⋯」（泰雅語：爸，你等我一下。）Mewas匆忙走進旅館。

「Noro先生，那是我的父親和舅舅，他們一早從Mlipa背山產來交換。您請再等一下，挑夫馬上就會來接我們下山。」Mewas說。

「啊？Walis頭目來了，他也是我的恩人呢！」看到Mewas的父親來到霧社，Noro想起來，半個月前，就是他和十幾位青年陪著他率領的探險隊上合歡山做調查。而且事發當時，如果聽Walis頭目的建議到合歡溪谷的獵寮紮營，就不至於發生重大的山難事件。想到Walis頭目親自連夜帶著部落的青年，把他從櫻峰駐在所扛下霧社櫻旅館，就覺得應該向

他致謝。他走出旅館大門，用左手脫下頭上的草帽，向Walis頭目致意。

「Walis頭目，謝謝您上次把我送下山來……」

「喔，不會，Noro先生，看到您恢復、很好，我、很高興……」Walis看到Noro時，有點緊張。

「我今天要去埔里照X光片，Mewas也會在旁邊照顧。她是一個很聰明又乖巧的女孩呢……」

「啊？Noro先生這樣說，我會害羞……」Mewas突然站在Noro後方，手上提著一大、一小的行李箱。「啊？挑夫來了，我們要下山了。」

「Mewas，我幫妳提一個行李箱吧！」秋子趨身走向Mewas。

「啊，沒有問題，我可以自己提。」

「秋子小姐，這樣，妳等一下拿一瓶酒送給Walis頭目，我會再和妳結算。」Noro準備坐上挑夫的擔椅上時，又轉頭向秋子吩咐。

「喔，好，沒有問題。Noro先生，一路上小心啊！」

「Noro先生，這怎麼好意思……」Walis頭目說。

「Noro先生，謝謝、謝謝……」Silan高興地衝到Mewas身邊，一把抓起兩個皮箱說：「Mewas，乾脆，我也護送你們下山好了？可以嗎？」

「Silan舅舅，不用啦，霧社分室的山崎主任有拜託駐在所，安排兩個警丁護送Noro到觀音瀑布那裡，他們已經在駐在所前面等我們了。」

「啊？那，我先跟秋子小姐進去拿酒囉。」Silan稍稍感到失望，但又立刻想到Noro先生剛剛吩咐秋子要送他們一瓶酒。

「啊哈哈，年輕的小帥哥，來吧、來吧……」秋子高興地伸手召喚Silan跟著她走進櫻旅館。

「好囉！」一個粗獷的聲音驚醒了坐在椅子上打盹的Mewas。她一睜開眼睛，看到理髮師扳起理髮椅右邊的一個拉柄，輕輕把平躺的椅背豎直。接著，她從鏡子裡看到Noro變年輕了。

「啊？Noro先生，變得好年輕啊。」她說。

「哈哈，有嗎？」他抓一抓後腦勺，從鏡子裡看到Mewas露出驚訝的眼神。「好！那麼我們走吧，Mewas小姐。我要帶妳去照相，做為紀念。」Noro此時說話的語氣，比剛剛走進理髮店更有活力。

三輪車夫看到他們走出來時，也嚇了一跳。若不是Mewas攙扶著Noro走出來，他可能會誤認為是另外一個人。

「照相館，拜託。」Noro對三輪車夫說。車夫用手指了理髮店的斜對面，有一棟木造的房了，其上掛著「松山照相

館」的牌子。「那一間照相館的老闆是陳先生，他以前在台北開過照相館。」車夫說。

「啊，就在對面啊？那麼，我們自己走過去，你在門口前面等就好了！」Noro原本由Mewas攙扶走進松山照相館，但一看到老闆陳先生走出櫃檯來招呼，就輕輕推開Mewas，自己挺直了胸部，慢慢說：「請幫我們拍一張合照，另外，也要幫……她拍一張獨照。明天，可以拿到照片嗎？」

「喔？明天？有點趕……不過，沒有問題，我明天一早就可以幫您沖洗好。」老闆陳先生看到眼前穿著和服的日本人，從他的氣質、說話的語氣就知道一定不是普通人，便馬上答應了他的要求。

「請問您的照片要沖洗多大的尺寸呢？6吋、還是5吋？」拍完合照，陳先生把頭伸出照相機的布幔，傾斜著頭詢問坐在前方攝影棚裡的Noro。

「兩個人的合照洗5吋，呃……她的獨照洗6吋。各兩張……」Noro側身坐在一張藤椅上，當他說「她」的時候，語氣都會稍稍頓一下才繼續往下說。Mewas站在Noro的右後方，雖然穿著和服，但老闆一眼就看出深邃眼眸和高挺鼻子的女孩，是從霧社那一方來的番族女子。

拍完照片之後，Noro開始顯得有點疲累。他站在櫃檯前付完照相的錢，就一個人快步走出松山照相館，才剛跨出大

門一步，旋即又像忘記了什麼，一回頭就看見Mewas，一個人無辜地坐在照相館的客廳椅子上等待著。

「啊？對不起，我有點累，想回旅館休息了。」

「哦！是，對不起，我沒有注意到您已經要離開了……」Mewas立刻起身，先轉頭向櫃檯裡的陳先生行禮，接著又匆匆踩著碎步跟著Noro走出照相館。黃昏的斜陽映照在狹小的巷道間，很快就隱沒在遠方的山頭。他們兩人沉默地坐在三輪車上，沒有交談。一路上，Noro又繼續閉著雙眼，緊鎖著眉頭。三輪車夫吃力地踩著沉重的腳踏墊，往日月旅社的方向移動。冷風從合歡山的方向吹向埔里盆地，昏黃的街燈一盞接著一盞依序點亮。

「啊？Noro先生回來了，辛苦了。剛剛，公醫院的張醫師打電話說醫院裡還在忙，晚一點會帶沖洗好的X光片，來向您說明病情。」旅社老闆從櫃檯裡走出來歡迎他們，並轉達張醫師的留言。

「喔，謝謝。這樣好了，我請護士小姐打電話給張醫師，我們明天上午再親自跑一趟醫院就可以了。今天真的有點累，到現在……啊？連午餐都還沒有吃呢？對不起，Mewas小姐，妳怎麼也不告訴我？」

「啊？我……一直跟著Noro先生，一時也忘記午餐都沒有吃……」

「哎呀？要不我先請廚房準備二位的晚餐吧？」旅社老闆轉向櫃檯裡的女侍應生，「春子，妳去廚房請師父準備兩人份的晚餐吧！」

　　「拜託您了，就請把晚餐送到房間裡吧！我想先休息一下，呃⋯⋯Mewas小姐，先請妳幫忙聯絡張醫師，說我們明天上午會親自過去醫院。」Noro獨自緩步走向旅社右邊的8號房間，女侍應生春子則從旅社另一端的走廊快步走向8號房間的門口，然後側身用雙手拉開房間的拉門。

　　「Noro先生，浴室裡已經為您準備好熱水囉，若是溫度不夠，請再隨時吩咐我。」等Noro走進房間，她再把門關上。

　　「是、是，好的，太好了，謝謝張醫師，我會立刻告訴Noro先生這個好消息。那麼，我們明天上午見，謝謝⋯⋯」旅社櫃檯前，Mewas等了很久才接通公醫院的電話並且找到了張醫師。她從電話裡得知Noro先生肋骨斷裂的情況並沒有很嚴重，而且已經慢慢癒合，這樣一來，他就可以很快返回台北的總督府，不需要住在醫院接受觀察與治療。

　　而在另一邊的房間裡，Noro一進門就看見旅社的侍應生已經把兩張睡墊鋪在榻榻米上，雖然只有一步之遙，但卻又在兩個枕頭之間的位置，擺著一張四方形的花樟木雕矮桌。矮桌上的土瓶裡插著白色的茶花，和一罐日月潭出產的阿薩

姆茶、一個白色的骨瓷茶壺與一對瓷杯。矮桌的另一邊,有一樽外圍塗上金漆菊花、寶藍色蝴蝶的圓形陶製火缽,其內圍的銅鑄火缽裡放的兩塊無煙龍眼炭微微透出碳紅,而正中央的三角鐵架上,一個鐵壺斷斷續續地冒出一縷、一縷白色的蒸氣。

夜色慢慢籠罩在日月旅館的中庭,Noro先把和服的外褂脫下來,掛進牆邊的壁龕衣櫥裡,接著他轉身,蹲下來,伸出左手,慢慢把花樟木雕矮桌拉向壁龕,然後把三角鐵架上的鐵壺取下來,放在矮桌上的竹片隔熱墊上,再緩緩把火缽拉向壁龕。這時,兩張睡墊之間完全沒有屏蔽,只見Noro把其中一張睡墊拉向自己的這一邊,直到間隔完全消失不見。他看了看,起身走向壁龕,隔著一道竹製的屏風,脫下身上的和服,再從衣櫥裡取出一件浴衣套在身上,他仍然感受到左胸腔有強烈的疼痛,所以只能慢慢繫上腰帶,但仍因為無法端正地把浴衣前襟繫緊而露出整片胸部。接著,他從壁龕下層抽出了一張坐墊,然後半盤著左腿坐在墊上。他的右腿因為怕牽動右胸腔的肌肉而無法完全施力,因此毛茸茸地從浴衣裡直挺挺地伸出來。他打開阿薩姆茶葉罐,倒了些許茶葉到白色的瓷壺裡,接著把鐵壺裡的熱水緩緩注入壺中。等待茶葉泡開的時候,他又慢慢起身,走到竹屏風旁的茶几旁邊。

他先把桌上那一台「日蓄」生產的留聲機推向側面，然後用左手慢慢搖動留聲機的搖桿，留聲機上的蟲膠唱盤便開始旋轉。他放開搖桿，然後習慣性地用右手拇指和食指，慢慢地夾起唱針頭。他忍著胸腔的疼痛，屏住呼吸，輕輕把唱針放在旋轉唱盤的最外圈……

「喀次、喀次、喀次……」留聲機的喇叭傳出固定頻率的雜聲。接著，一個滄桑漂泊的男人聲音從喇叭裡傳出來……

清晨，我獨自一人徘徊在海邊，
不禁回想起往日的時光。
聽風的聲音啊，吹動著白雲，
海浪拍打著海岸，還有閃著銀光的貝殼。
黃昏，我獨自一人徘徊在海邊，
故人難忘的身影，浮現在我心上。
起伏的波濤啊，翻滾的浪花，
清淡的月色啊，冷漠的星光。

深夜，我獨自一個人在海邊遊蕩，
一陣海風捲起浪花，
溼透了我衣裳。

啊……我這憂鬱……的人兒苦苦……的思念，

啊……我心中的故人……如今……你在何方？

「對不起……Noro先生？我回來囉……」留聲機的轉速愈來愈慢，才一停止，Mewas便在門外輕聲呼喚。

「喔，請進……」

Mewas輕輕推開拉門。她看見Noro已經換上浴衣坐在茶桌旁邊泡茶，越過茶桌，她再望向內室，發現兩張床墊緊密地並列在一起。一看到屏風旁邊的茶几上斜側的留聲機，她就知道剛剛在走廊上聽到的日本歌，是來自Noro正在聽的留聲機。

「喔，我正在泡日月潭的阿薩姆茶呢，妳也一起來吧！」Noro注意到Mewas的表情後，想先把毛茸茸的右腿縮進浴衣裡，卻發現這樣反而會使胸腔產生劇烈的疼痛。美娃思看到他又想從壁龕的下層抽出另外一張坐墊。

「啊？您不要動，我自己來……」Mewas拉起和服的裙襬，屈膝移向壁龕，並取出一張坐墊放在茶桌旁，然後跪坐在Noro對面。

「Mewas小姐。我其實……非常清楚自己的身體狀況，這一段時間，多虧妳的悉心照料，我才能夠恢復得這麼快。就算不照X光，我還是必須儘快回到台北，準備下一次帶領探

險隊登上合歡山的探險計畫⋯⋯」Noro一邊說著，一邊緩緩地把骨瓷壺裡的琥珀色茶湯倒進白色的瓷杯裡。然後，他用左手端起杯盤，慢慢遞送到Mewas的面前。

「對不起，我的胸部還是會痛⋯⋯」

「喔，不⋯⋯我自己來。」Mewas雙手接下茶盤，接著開口說：「Noro先生，張醫師剛才在電話裡說⋯⋯」

「我知道了，明天早上我會去向張醫師道謝，再和妳一起回霧社。」他打斷Mewas繼續說下去，接著把茶湯緩緩倒進另一只瓷茶杯裡。眼看茶湯快要溢出杯緣，他就精準地停止動作，讓瓷杯裡的茶湯表面平整地與杯緣貼齊。他接著說：「台北那邊，好像急著要在秋天以前再派人上合歡山做調查，所以我也應該要回台北了，雖然說，心中有點不捨⋯⋯啊，等喝完這壺茶，妳就先去準備沐浴吧，今天辛苦妳了。待會，我會請旅社的人把晚餐送到房間裡來，妳一定非常餓了⋯⋯哈哈⋯⋯」想到從中午到現在都還沒有吃任何食物，他們兩人同時笑了。

「呃？Noro先生，你的手還是不方便，等一下沐浴的時候，我可以⋯⋯我是說，您先入浴，我⋯⋯可以協助⋯⋯」

「啊？不、不，我自己可以⋯⋯」

「Noro先生，別忘了你還是我的病人喔！病人必須聽從護士的指示。」

「啊？哈哈，好吧！我是妳的病人……」

Mewas帶著旅社準備的浴衣走向浴室，進門之前，她問Noro可不可以再聽一次剛剛的唱片？Noro點頭示意。於是她放下手上的浴衣，走到留聲機旁邊輕輕搖動搖桿，再把唱針放到唱片上。「喀次、喀次、喀次……」留聲機的喇叭又開始傳出固定頻率的雜聲。

Mewas拾起浴衣，隨手把化妝台前的圓形靠背木板凳也帶進浴室裡。她很快地換上浴衣，再悉心把袖口捲短。接著，她拉開檜木桶上的保溫捲蓋，坐在剛剛搬進來的圓板凳上，伸手測試了一下水溫，覺得剛剛好。

「Noro先生，您可以準備進來沐浴了……」

「好的，我的護士小姐。」

Noro穿著浴衣走到浴室門前，他看見浴室的地板上，美娃思已經放了一雙浴室的木屐。Mewas坐在檜木桶旁邊的靠背木板凳上對著他微笑，他先假裝露出羞澀的表情，低下頭，再把兩隻腳套進木屐裡，然後轉身關上浴室的木門。他慢慢鬆開浴衣的腰帶時，突然覺得腳底下開始湧升一波波許久未曾有過的血氣。他抬起左手臂，快速地脫離衣袖，這時的他赤身半裸，且右胸腔的疼痛使他無法繼續快速鬆開掛在右半身的浴衣。

「我幫你……」Mewas的手像一道閃電劈向他的右肩，

瞬間有一股電流衝進他的腦門。

天意是如此啊，只能束手無策地看著暴風雪中疲憊至極、無法站立的人是何等痛苦啊！我眼看他們一個、一個昏睡在地上，沒有人呼救，沒有人哀號，大家的身心已經麻痺了，無力訴說痛苦……我此刻的疼痛，就算祈求諒解，也無法挽回一切的過失。他頓時忘記了疼痛、忘記了合歡山上罹難的89位挑夫以及探險隊員、忘記了思念親人與妻小的苦悶……。他只想祈求原諒和寬恕，祈求神明的救助。

Noro半裸著身子，轉向已經起身站在他背後的Mewas，他輕輕地把她的身體轉成背面，然後使勁地用左手臂抱著她細瘦的腰身。他熟練地用單手解開她腰際的浴衣束帶，而他的鼻息從Mewas盤起的髮髻下開始吸吐著，先是左耳、頸子、最後是肩膀。Noro的浴衣無聲地落在地板上，接著，Mewas的浴衣落在他的浴衣上。

他再一次緊緊地用左手摟著她的腰，皎潔的月光從庭院上方搖曳的松枝縫隙，灑向浴室的竹枝捲簾上，捲簾內，隱約有兩個身影緊密貼合地蠕動著，而庭院裡的十一棵松樹，也開始隨著從霧社山上沉降的冷風不斷地搖晃。浴室裡傳出短促的呻吟，而房間裡的留聲機轉速則愈變愈慢……

……起伏的波濤啊，翻滾的浪花，

　　清淡的月色啊，冷漠的星光。

　　深夜，我獨自一個人在海邊遊蕩，

　　一陣海風捲起浪花，

　　溼透了我衣裳。

　　啊……我這憂鬱……的人兒苦苦……地思念，

　　啊……我心中的故人……如今……你在何方？

　　護士Mewas永遠記得，那一夜，Noro先生整晚緊握著她的右手入睡。而她卻是徹夜難眠，深怕這一握、一放之間，就是永生永世的離別了。

　　隔天早上，張醫師先來到日月旅社等候Noro。他因為臨時被派往台中的醫院出公差，所以出發之前，還是先把Noro照的X光片帶到旅社的大廳。

　　「Noro先生，真是抱歉，我臨時接到一個任務，必須在中午之前趕到台中。」

　　「麻煩您了，張醫師。我昨天從護士那裡……聽了一些初步的診斷……」Noro先看了一眼跟在他身後的Mewas，而後繼續和站在旅社櫃檯前的張醫師對話。

　　「所以，Noro先生知道了？您只是單純性的肋骨骨折，

就在第四、第五根肋骨，我們前、後照了兩張，確認只斷裂一半，骨頭沒有錯開。之後，只要固定服用藥物就可以慢慢癒合……」

　　事實上，昨天晚上Noro完全不想聽Mewas轉述張醫師的X光片報告，當時的他，只想躲入一個沒有戰爭、沒有痛苦的時光隧道裡，他渴望將近乎半百而殘破不堪的軀殼，融進另一個青春軀體裡，以獲得贖罪的癒合。他知道外在軀殼的劇烈疼痛，可以依靠口服止痛藥或靜脈注射的自控方式止痛，但是，一旦被自己極端控制、封鎖的愛慾情仇潰堤，無論如何也無法阻斷內心深處的罪惡感與離別時的痛徹心扉，竄流在體內的每一根神經裡。

　　所以，他在昨天晚上，決定讓自己貪婪地吞嚥愛情的嗎啡舌下藥錠，一顆又一顆，讓自己無可救藥地愛戀，此刻停駐在他身邊的泰雅族女孩。

　　「Noro先生畢竟是劍道高手的體魄，聽說當時您摔落的是10公尺深的山溝呢！幸好傷勢不嚴重。我出門前還打電話告訴您在台北總督府的長官，叫他不用擔心，過幾天，您應該就可以回台北繼續休養了。不過，若是能夠住在霧社那裡，天天泡溫泉，應該會更快復元吧？哈哈……啊？時間不早了，我要先下去台中了。Mewas小姐，拜託妳了，在Noro先生回台北之前，還是要麻煩妳多多照顧他。那麼，我先走

了。」

張醫師才剛離開，前一天下午載他們到松山照相館的三輪車夫就來到了旅社門前。日月旅社的老闆親自把Noro先生的行李放上三輪車，然後站在車旁，看著Mewas悉心地攙扶他跨上三輪車的座椅上。接著，老闆幫忙把Mewas的小行李箱遞給她，另外還多了一袋張醫師託她帶回霧社療養所的常備藥品，以及專門給Noro服用的消炎、止痛藥。最後，日月旅社的老闆深深地行禮，再抬頭目送三輪車載他們往松山照相館的方向。

他們抵達松山照相館時，Mewas一個人下車走進照相館。陳先生一看到她就說：「照片都洗好囉，妳要不要先看一下？」Mewas接過陳先生遞給她的紙袋，裡頭又分成兩個更小的紙袋，各自存放兩張照片。她從其中的一袋裡面抽出一張相片：「啊？」她驚喜地睜大雙眼，第一張照片是她和Noro的合照。因為鎂光燈的反射，照片裡坐著的Noro微微地皺眉，Mewas則雙手交握站在他後面。兩個人的臉特別光亮，看起來有點神似，就好像是夫妻一樣——Mewas心裡這樣想著。她向陳先生道謝後，快步走出照相館。才剛跨上三輪車Noro就開口問她：「照片，拍得好看嗎？」

「嗯，很好看，Noro先生看起來很年輕喔！」Mewas把印有松山照相館字樣的紙袋交給Noro。

「啊～漂亮，Mewas小姐真漂亮……」Noro把Mewas的獨照抽出來，看著照片對她讚美，接著又轉過頭去對她說：「不過，本人比照片裡更美呢……」

「哈哈……Noro先生，您真會開玩笑……」

「妳，會永遠記得我嗎？我說，當我離開之後……」Noro看著Mewas原本漲紅的臉頰，瞬間凝結成冰。她低下頭，淚水滑落臉龐。他轉身幫她擦拭淚水，再一次把她擁進懷裡，兩個人一路上都保持靜默。當三輪車抵達觀音瀑布時，就看見昨天早上送他們下山的四個年輕挑夫以及昨天的兩個警丁，蹲坐在樹蔭下休息聊天。他們沒有片刻停留，Noro和Mewas一前一後，坐在擔椅上，沿著眉溪河谷慢慢進入人止關峽谷。

傍晚抵達霧社的時候，Mewas先回到療養所的宿舍換上護士的制服，再把早上從埔里帶回來的藥品帶到療養所的藥劑室。Noro原本打算直接回到櫻旅館二樓休息，但他在門口遇到櫻旅館的山田老闆時，山田老闆對他說，霧社分室的山崎主任不久前打電話來說有要事，請他一回到霧社時，先到旅館斜對面的霧社分室一趟。

當Noro獨自緩步走向霧社分室大門時，就看到山崎主任緊張地從辦公室裡走出來迎接他。

「Noro技師，今天早上總督府派出番務本署的偵查隊，

又在太魯閣附近遭到太魯閣番的攻擊，一共有6個人被馘首。中午，我收到從南投廳轉來的總督府電文，他們希望你儘速返回台北……」山崎主任把抄收的電文交給Noro技師。

　　＜台灣總督佐久間左馬太1913年電文＞

　　　　「從明治43年起，總督府從各方面推動隘勇線前進與番社討伐，結果，盤踞於中央山脈以西的凶番已處分完畢，西部番社群業已廓清，本人為此深感欣慰。……『五年計畫理番事業』現在只餘太魯閣番尚未平定，理番事業的前途有厚望。……」

　　「山崎主任，我知道了。這段時間非常感謝您的關照，同時也安排護士Mewas……」

　　「啊？不、不，我也是接到總督府的命令，必須盡全力醫治好你的病情。否則，整個五年理番計畫的進度將會嚴重落後。希望你會滿意，那個小番女護士不久以前才剛從台中的醫院結訓，我特別把她……」

　　「她也是我們日本的國民……」Noro技師聽到山崎主任說小番女時，胃部突然一陣絞痛，他起身準備走出山崎主任的辦公室。

　　「是明天，電報裡頭有說，希望你明天就能夠返回台

北。」山崎主任看到Noro技師的臉色一陣蒼白，便又補上了確切的訊息。

「我知道了，明天一早我就下山。」他向山崎主任點頭致意後，再度走回對面的櫻旅館。

櫻旅館的老闆娘秋子坐在櫃檯裡，等一看見Noro走進來就熱情地迎上去。「啊？Noro先生您回來了。您的行李已經幫忙送到二樓了，要不要我扶您上二樓啊？」

「喔，謝謝，我已經好多了，可以自己抓著扶手上二樓。」他左手壓著右胸口，伸出右手輕輕阻擋秋子迎向前來。

「啊，哈哈……那麼您請小心，如果有什麼需要幫忙的，請隨時吩咐。」

「溫泉，聽說這裡有溫泉？」Noro原本準備上樓，一聽秋子說隨時吩咐，就想到張醫師早上說霧社有溫泉的事。

「喔？您是說最近剛剛落成的櫻溫泉招待所嗎？就在不遠的地方，德魯灣溪谷那裡……」

「那麼，就請秋子小姐再把下午那四位年輕的挑夫找來吧，我想請Mewas護士陪我一起去櫻溫泉。還有，明天一早，再找兩位挑夫，請他們送我下山。」

「啊？Noro先生，明天要回台北了嗎？」

「是的，我必須回去把上次的意外事件，寫一份復命

書……」

「哎，這山上的天氣，連我們在這裡住了五年，也都搞不清楚呢。三月天還下雪，真的很少見。到現在，天氣還是冷得刺骨。您待會去櫻溫泉招待所時要多穿一件外套。我先打電話幫您問一下荷戈駐在所的巡查，他可是我在這裡最要好的男朋友喔，哈哈……」秋子向Noro拋了一個媚眼後，轉身走進櫃檯裡拿起聽筒，但搖了幾下電話搖桿卻始終無法接通。她又試了幾次，但是都接不通。

「再麻煩妳了。」Noro緩緩走向往二樓的扶梯，他的腳步比剛才走進來時顯得更沉重。他一回到房間，就看到山田先生送給他的黑色皮革行李箱平放在書桌上，桌上的花瓶則插著一枝從旅館庭院剪下來的紅色緋寒櫻。他走近書桌，看見松山照相館的紙袋平鋪在皮箱旁邊。他把皮箱移開，從照相館的紙袋裡抽出兩個小紙袋。他把其中一個小紙袋放進皮箱的拉鍊夾層，接著又從另一個紙袋裡抽出兩張照片。他仍然先端詳Mewas的獨照，然後再翻出底下的另外一張合照。他把兩張照片並排在茶桌上，接著又從皮箱裡的夾層取出一個墨綠色絨布小方盒，並打開盒子，拿出了一支筆蓋上鑲著銀色箭矢的parker "51" 鋼筆。他對著Mewas的獨照沉思了一會兒，然後翻到背面，慢慢寫下「紀念」兩個字，再把獨照移到茶桌的左上方晾乾。接著他又把和Mewas的合照移到茶桌的

正中央，很快地用鋼筆在照片正面寫下兩行字。

「叮鈴、叮鈴……」二樓房間的屋簷下吊著一串小風鈴，「叮鈴、叮鈴……」在冷冽的山風裡，孤獨地發出微弱而乾枯的聲音。接著，他輕輕地把合照對折，彷彿將兩個人永遠黏合在一起。

在昏黃的夕陽下，挑夫從霧社沿著德魯灣溪上方的戰備道路，慢慢沿著山稜線下切到荷戈社，途經荷戈駐在所時，便看到小島主任和兩個警丁站在門口迎接Noro。

「Noro技師，歡迎來到荷戈社。我已經特別交代櫻溫泉招待所，要把最大一間的溫泉池留給你們了……」小島主任一面說，一面打量著坐在另一頂擔轎上的護士Mewas。「啊？這不是霧社醫療所的護士Mewas嗎？」

「是的。那麼，我們就先過去了。」Noro片刻也不想停留。

「泡完湯之後，再回到這裡一起吃晚餐吧？Noro技師。」

「喔，不了，我晚一點還有重要的事情要處理。」

他們繞過了荷戈社的小富士山，再下切到德魯灣溪。遠方有一座吊橋，在吊橋的盡頭、靠近溪谷的地方，有一棟獨立的湯屋，湯屋旁邊還有一棵高聳的白色霧社山櫻。

「Noro先生，歡迎您，底下那一間是公共浴池，原本

今天不開放，因為下午才剛剛洗刷完畢，換了新的溫泉水呢！」他們一抵達櫻溫泉招待所，就由一位女侍應生，引往那一棵白色山櫻花樹下的公共浴池。

「到這裡就好，我們自己走下去。」Noro請女侍應生留步，只剩他和Mewas。他們在一座有木造遮雨篷的階梯口換上木屐，接著慢慢地互相攙扶走下階梯。當最後一道斜陽消失在吊橋對面的山頭，他們裸著身體同時浸入暖暖的湯池裡。

向晚的山風微微吹著霧社山櫻，一片片雪白的花瓣灑落，有的墜入德魯灣溪、有的飄入湯屋的檜木窗櫺、有的掉落池畔、有的飄落在美娃斯的肩膀上。Noro藉著溫泉的浮力，輕易地從旁邊轉過身去，用他壯碩的身體壓在美娃思半浮半沉的嬌小身軀上。偌大的水池中，從另一端傳來一陣、一陣的回波。兩個交疊的身軀在朦朧的霧氣中載浮載沉，Noro扼止不住深沉的渴望，突然用力地朝美娃思的右乳頭咬了一口。她痛苦地咬緊牙根，然後流出眼淚。慢慢地、慢慢地把Noro愈抱愈緊。

「啊，痛！」因為抱得太緊，Noro感到胸腔一陣劇痛而鬆開唇齒，美娃思也同時鬆開雙手。此時，Noro看到她的右乳房上有一朵渲染的紅色緋櫻花瓣，愈滲愈大、愈滲愈大。「啊，對不起，滲血了……」他說。美娃思再也制止不住地流下眼淚，然後再把Noro用力地抱著。從水池另一端，傳來

了一陣、一陣的回波，整個湯屋裡只聽到窗外德魯灣溪的潺潺水聲。

當晚，他們兩人從櫻溫泉招待所回霧社時，在路上遇到Mstabon（馬斯達邦）駐在所的佐塚主任，帶著他的妻子Yaway（雅外依）來到霧社療養所求診。Mewas一看到是自己的表姊來了，就知道她快要生產了。她立刻回到療養所準備幫表姊接生。佐塚主任在療養所的大廳裡坐立難安，Mewas和療養所的主任兩個人，則在隔壁的診療室裡守候整個晚上。

獨自回到櫻旅館的Noro，即刻整理行囊。他留下一個松山照相館的紙袋，裡頭只放了一張照片，以及他最珍愛的parker "51" 鋼筆的小絨布盒子，託櫻旅館的老闆娘秋子交給Mewas。

就在Yaway（雅外依）順利產下一個女嬰的清晨，Noro就坐上擔轎，由兩位警丁護送離開霧社。

霧社療養所的護士Mewas，愛上了自己照顧的日本軍官，然後被拋棄了。這些流言，一開始是從櫻旅館傳出來的，然後又有霧社警察駐在所的警丁流傳Mewas陪日本軍官到埔里的旅社，還陪他到櫻溫泉招待所一起泡湯的流言。慢慢地，這些流言傳回了Mlipa。

Noro回到台北，立刻向總督府番務本署報到，並完成《合歡山探險復命書》。他在結語這樣寫著：

……本事件或許可以歸咎於天災，但小官不能免於自責指揮失當，深感慚愧，伏求諒恕。天時不利於探險，導致重大傷亡，在收拾殘局時，小官等人已盡心盡力去做，尚且祈求神明救助，始終不敢懈怠。今後將再接再厲，捲土重來以貫徹測量探險的重責。

　　本次犧牲了不少人命，對於將來規劃隘勇線前進及番地探險，不失為一個借鏡，同時也提供了血的教訓，所以犧牲者的貢獻可謂重大。

　　今後，合歡山與奇萊主山的測量探險，將做好更周密的計畫，務使出師必成。小官以待罪之身，願假以時日能重新行動，以償失敗的苦果。僅此復命。

　　呈

　　台灣總督・伯爵佐久間左馬太閣下

　　很快地，由總督府番務本署召開的、一個警察隊和陸軍聯合行動的協調會議，再一次確認「太魯閣番調查事項」──合歡山與能高山的武裝探險。這一次，合歡山方面的探險隊將由台灣總督佐久間左馬太親自督軍，且同樣由待罪之身的Noro技師擔任領隊。

1913年9月23日，Noro技師再度回到半年前經歷慘痛失敗教訓的櫻峰分遣所，而這一次出動了將近290人。他在行動日誌裡，每一天都悉心地記錄不同地點和不同時間的氣溫。這是他隱藏在內心深處，極度的戒心反應，絲毫不敢懈怠。兩天後，他在20多位Mlipa泰雅族年輕人的護衛下，攀到合歡山頂和合歡東峰頂，進行達次基里溪（立霧溪）上游的觀測與繪圖。9月28日下午5點半，台灣總督佐久間左馬太在大隊人馬的護衛下，抵達合歡山的探險隊基地。隔天凌晨4點半，探險隊依照先鋒隊（部落青年）、警察隊、陸軍部隊、總督和隨從、警察隊（殿後）的順序，出發前往合歡山頂，進行觀測。下午5點，探險隊向台北總督府番務本署長拍發一封電報：

　　　　今晨4點半從根據地出發，護衛總督閣下登合歡山頂，充分達到視察目的，並於下午0時10分回報根據地。探險隊頃奉總督命令，與陸軍一個中隊一起行動，將繼續前往北合歡山奇萊山北峰，攀至山頂觀測中央山脈背面之太魯閣番地勢。

　　1914年元旦，Mewas產下了一個親人都不想讓別人知道的混血男嬰。也因此在不到三天的時間裡，這個新生的混血

男嬰就被送到Sqoyaw（志佳陽）給人領養。而Mewas也在父親Walis的堅持下，一生下孩子就離開霧社醫療所，到台中去投靠她最小的阿姨Wasiq（瓦夏）。當然，Mlipa的人都知道，跟Wasiq（瓦夏）在一起，就是等同在酒家裡上班。很快地，流言一傳到了Mlipa，頭目Walis再度和舅子Silan到台中，把Mewas勸到宜蘭的Skikun（四季）醫療所，協助一位剛被派駐到部落的泰雅族公醫師。聽說，這一份工作也是透過霧社分室的山崎主任安排的職務。而且，這一位公醫師的妻子才因為難產而過世，Walis心想，正好可以把Mewas嫁給他……

從離開Mlipa到台中，再從台中到宜蘭的Skikun（四季），Mewas始終不離身的是那一支黑色的parker "51" 鋼筆盒，以及有著Noro技師親筆寫下「紀念」兩個字的獨照。

1914年5月17日，日軍發動大規模攻勢，由台灣總督佐久間左馬太擔任討伐軍司令，率領20,000多名軍隊、警察，上山攻打太魯閣族人，歷經長達三個月才宣告戰勝。佐久間左馬太也在這一場戰役中不慎跌落懸崖，經過送醫救治，仍然在隔年（1915年）的8月下旬過世。

1916年，Noro技師升任總督府番務本署地理課的課長，終其一生，他和Mewas都沒有再相遇。

1931年，新婚的Nowa知道了自己身世的祕密，但他並沒有持續驚訝和震驚很久，因為在他的婚禮結束不到一個月，

養父Yukan就因為罹患一種怪病，一直高燒不退，短短三天就離開了。他那時候最大的傷痛，反而是來自於這個令他措手不及的消息。

有一天清晨，Nowa從七家灣溪的工寮起身，準備出發察看他設下的陷阱。他先走到一處二葉松樹林聽siliq（占卜鳥）的叫聲，以便判斷這一趟狩獵是否有所收穫。他才踏進樹林，就看見一群siliq從他右邊的樹梢快速尖叫著竄向左邊的草叢裡。他知道，今天不可以上山打獵了。才轉身走回工寮，他就看見原本在另一邊山谷耕作的Iban（伊凡）快速地跑向他的工寮。

「Nowa，Nowa……你先不要驚嚇喔，我的叔叔Maray（馬賴）早上剛剛從Sqoyaw過來，他說，你的養父前天從羅東回來之後就一直發燒，到了今天凌晨就已經斷氣了……」Nowa聽到Iban帶來的噩耗，立刻用最快的速度趕回Sqoyaw。

他邊跑、邊哭，由他最心愛的獵狗bu'陪伴，沿著七家灣溪畔的狩獵小徑，衝回去見他的養父Yukan最後一面。當他抵達平岩山駐在所前面，正好看到他的二伯父Yuhaw（尤浩）穿著日本警丁的制服，和三個Pyanan（比亞南）的親戚陪伴他，來見親弟弟最後一面。

「啊？Yuhaw伯父，你也到了？謝謝你來看我的父親啊！」Nowa紅著眼睛，驚訝地看著他的伯父。

「哎呀，我今天凌晨就接到平岩山駐在所的同事電話，說我的弟弟走了。哎，Nowa，你不要傷心，你要努力，好好照顧你的媽媽……」Yuhaw伯父一看到Nowa從七家灣溪趕回來，就邊走邊安慰他的姪兒。他當然知道，這一個姪兒是Yukan從Mlipa（馬力巴）那裡領養的小孩，而一想到Nowa跟弟弟Yukan同樣的身世，他不禁悲從中來。

　　「哎，你的養父8歲就被送到Sqoyaw，但是我和我的大哥Piling，一直很疼愛Yukan。你的大伯父Piling在臨終之前還交代我說，如果有一天Yukan或是他的孩子要回到Pyanan，一定要分一塊田地給他……

　　「哎，反而是這些年，常常都是你的父親和你帶著許多Sqoyaw的山產回來探望我們。以後，可能沒有了……」Yuhaw走著走著，自己也流下了眼淚。

　　「Yuhaw伯父，你不要這樣說，我知道你們一直很照顧我和我的家人，以後，我還是會常常回去看你們，不會忘記我們永遠是一家人。」

　　有人說，Yukan會得到這種病，很可能是因為他前一陣子帶野生香菇、鹿皮，到山下宜蘭的叭哩沙交換所換鹽巴和開墾需要的工具時，被山下的漢人或是日本人傳染的。當時的怪病，從宜蘭太平山附近的Tabu（塔波）蔓延到Skikun（四季），且許多日本的警備員之間也開始互相傳染。這一個怪

病很快擴散到各社，連帶Pynan（比亞南）、Mnoyan（馬諾源）、Skikun（四季）、Kbanun（馬嫩）、Bonbon（芃芃）各社的族人都遭受傳染。連坐落在最深山的Slamaw（薩拉茂），也聽到了宜蘭那裡的Pyanan（比亞南）和Skikun（四季）因為這種怪病，在短短十天之內就死了二十幾個孩子。他們說，一時之間，Pyanan（比亞南）各家各戶都陸續傳出哀嚎的哭聲。這個像瘟神一樣的怪病，現在傳到了Sqoyaw（志佳陽）和最遙遠的Slamaw（薩拉茂）。

Nowa和Yuhaw伯父一進到家中，就看到養父Yukan的遺體已經被族人用布匹包裹起來放在床上。他的養母Pitay、新婚妻子Sayun和妹妹Hemuy坐在一旁泣不成聲。Yuhaw看到Sqoyaw（志佳陽）的頭目Yakaw（亞告），和一位戴著口罩的駐在所巡查站在屋子的另一端。

在頭目Yakaw頌唸悼詞後，他吩咐年輕人把Yukan的遺體帶到1公里外的山谷裡埋葬。

幾天後，連帶Sqoyaw（志佳陽）、Slamaw（薩拉茂）部落所有族人豢養的雞、鴨，都被日本警察命令全面撲殺與焚毀。

NYux
SPI awa'
Atayal
1935

第八章

Pyanan 比亞南

回溯Nowa的養父Yukan的身世，可知他在童年的時候，就被「預訂」長大之後要入贅到Sqoyaw（志佳陽）。更早之前，是因為Yukan的大哥Piling跟一位住在志佳陽的獵人，曾經在大甲溪源頭和有勝溪的交會處，埋了一顆石頭立下約定，希望能夠讓他這個最小的弟弟終生留在Sqoyaw的深山裡，避免在日本人和一些砍伐樟腦、肖楠與紅檜木的漢人，愈來愈深入宜蘭濁水溪上游的Pyanan（比亞南）之後，他唯一的弟弟也會被帶到山下強迫學習日本人的語言和文字。

　　Piling這一生最痛恨的就是父親死在日本警察的槍下，甚至於泰雅族人最引以為傲的出草和紋面文化，也被日本人嚴厲禁止了，所以他冀望他們家族的最後一個命脈，仍然能夠繼續傳承祖先的驕傲和光榮。

　　Yukan的出生地是位在宜蘭的濁水溪（蘭陽溪）上游，被日本人稱為「溪頭番」的Pyanan（比亞南）。Yukan出生在1892年冬末初春的2月下旬。當時的Pyanan被一波強烈的冬雪覆蓋著，也因為農作物受到侵害、族人無法上山狩獵，因此Yukan的母親Yabung（亞夢）在生下他之後不到五天，就因為嚴重缺乏營養而過世，留下了父親Temu（鐵木）和八個孩子。在不得已的情況下，父親只能把Yukan交託給剛生產完的Yukay（尤蓋）阿姨幫忙餵奶照顧。那一年，族人都聽說，原本住在山下宜蘭叭哩沙交換所的清國官人和製作樟腦油的

漢人，因為日本人要來接收管理，所以都陸續坐船回到中國了。部份私下進入山中開墾種植茶葉的漢人，也紛紛丟下原先的事業四處逃散，並且開始趁機到處搶劫。

還有一些原本被清國官人安撫召喚到山下，以採藤、狩獵、採薪砍柴為生的族人，眼看山下的局勢一片混亂，他們又重新回到山裡過原始的生活。從此，許多山下的耕作地又歸於荒蕪，只剩下廢棄的官屋和幾間破舊的民房。他們聽回到山上的族人說，以後要來接管的是坐大船、從海的另一邊過來的日本人；因為他們的軍隊有很強大的槍火、飛機、大船，所以清國只好把台灣割讓給日本人。

一時之間，台灣島上許多城市、鄉間，充滿了燒殺擄掠的盜匪和準備對抗日本人的民兵。日本人從基隆港登陸之後，就開始一路向南進軍，沿路把一些反抗的匪賊驅散到沿山一帶，甚至把他們驅趕到泰雅族人獵場附近的丘陵地帶。泰雅族的獵人從遠山望向遠方的城鎮盆地，不時會看見許多黑煙火焰上揚，也聽到隆隆的槍砲聲響。

一些住在大嵙崁（桃園）一帶的泰雅族人，因為長期沒有辦法交換食鹽和菸草，紛紛翻過棲蘭山，到宜蘭的叭哩沙和破布烏一帶的平原出草，為他們之前受到進入獵區砍伐樟腦樹的漢人欺壓進行報復。整整半年，大家都因為無法交換鹽巴、米、狩獵的火藥，陷入極大的生活困苦。由於缺乏

食鹽，有的人在脖子上鼓起像一顆圓球的肉團，也有很多嬰兒、孩童因為營養不良，感染病菌、腹瀉而相繼死亡。

就在Yukan出生滿八個月的時候，他的父親Temu（鐵木）為了要交換狩獵的槍火以便儲存冬天的肉食，便和15位族人徒步三天到台北屈尺（烏來）的山區，跟那裡的親戚進行交易。他們回程從屈尺沿著福山下切到宜蘭員山，準備帶著沿路捕獲的山產，到叭哩沙交換女人交代要帶回去的紅毛線、針線布料以及日常用品。

那時候，Temu（鐵木）右手牽著兩隻獵狗，左肩背著他才剛從屈尺那裡交易得來的一把毛瑟獵槍，走在隊伍最前方。Temu的弟弟Awi（阿威）因為背負一隻他的哥哥用新獵槍在福山捕獲的山羊，而墊在隊伍的最後方。當他們接近員山一處樟腦寮的時候，Temu突然示意大家停下來，因他看到前方100公尺處有兩個背著槍的樟腦寮工人正在警戒。Awi（阿威）的堂哥Yuraw（尤勞）馬上抽出繫在腰際的獵刀，其他人見狀也抽出了自己的獵刀。他們15個人當中，除了Temu有一把毛瑟獵槍，再來就是Pyanan（比亞南）頭目Nomin（諾命）的弟弟Takun（達袞）、從Sqoyaw（志佳陽）一起加入狩獵團的四個親戚，各有一把經過改造、削短槍管的單發獵槍。經過觀察，他們決定帶著幾個年輕人衝進樟腦寮去馘殺幾個漢人的頭，帶回去祭祀祖靈。

他們先把身上的物品、獵物，集中放在樹林中的草叢裡。Temu帶著四個人，沿著樟腦寮旁邊的小溪繞到後方，Takun帶了四個Sqoyaw（志佳陽）的獵人，守住樟腦寮通往紅柴林方向的小路。剩下七個人則準備伺機攻擊和馘殺從樟腦寮裡逃竄出來的工人。

　　「砰！」一聲槍響劃破天際，一個工人應聲倒地。另一個工人驚慌失措地衝回樟腦寮。這時，守在樟腦寮後方草叢的Temu和另外三個人跳出草叢，開始追殺逃往樟腦寮方向的一個腦丁。逃命的腦丁回頭看到四個長髮披肩的泰雅族人手持長刀衝向他，就開始沒命地大聲叫喊：「番人來了、番人來了……」他還來不及用手上的短槍擊火發射，「涮！」一聲，頭就應聲落地。

　　「阿嗚～」馘殺第一顆頭顱的人是Temu的堂弟Yuraw，他用力想扯下倒地腦丁手中握的短槍。但是即使肩上已經沒有頭顱，他連著身體的手臂還是死命地握著槍桿不放。Yuraw再次用力，才把那一支改造的短槍扯下來。接著，他再順手抓起掉落在兩公尺邊的頭顱，接著放進馘首袋裡，背在自己背上，繼續跟其他人衝向樟腦寮。

　　「砰！砰！砰！」槍聲從樟腦寮的窗口陸續發出，但是射出來的子彈不是沒有瞄準好，就是因為這些泰雅族人移動的速度太快而無法命中。泰雅族人抓住樟腦寮工人填充第二

顆子彈的空檔，衝破樟腦寮的木門，直接進去馘殺躲在屋內的腦丁。一陣慌亂中，有三個人從後門逃出樟腦寮，準備逃往紅柴林求救。這時候頭目的弟弟Takun和四個從Sqoyaw來的獵人，馬上衝出來擋住他們的去路。其中一個腦丁衝向樟腦寮旁的小溪，但仍被Takun追上，Takun快速從一顆石頭上往下跳躍，「涮！」一聲，又一顆頭顱落地。「阿嗚～」Takun用力發出聲音，通知夥伴他也成功獵到了人頭。另外兩個腦丁，則舉起手上的長槍，對著從後方追來的Sqoyaw獵人擊出兩發子彈。

「砰！砰！」其中一發射中Takun表弟Hayung（哈勇）的右肩膀，他痛苦地大叫「啊該～」（痛！），然後跌坐在地上。Hayung的哥哥Yukan（尤幹）見狀，便叫身邊的夥伴停止追殺逃走的那兩個腦丁，他則是趕快轉頭去確認弟弟的傷勢。「哎？子彈射進你的肩膀了……」他看到弟弟的手臂不斷湧出鮮血，而距離不遠處的樟腦寮裡面也開始冒出了濃煙。

「快走吧！等一下，就會有一群日本官兵帶著更多的槍、更多的士兵來了。」Temu大聲呼喊夥伴。而他們還沿路清點了大家的戰利品：三顆頭顱、三支槍、兩個鐵鍋、鹽巴、火藥、乾糧。

他們為了躲避趕來救援的日本官兵，改變了到叭哩沙交

換所交換物品的路線，打算往更上游的天送埤交換物品。他們繼續沿著蘭陽溪往上游移動。當他們抵達牛鬥附近的河口準備渡河到對岸時，碰巧遇到一群從蘇澳來的派出所巡查和官兵，一共有17個人，正沿著蘭陽溪沿岸一帶，深入山區搜索搶劫民宅的盜匪。

Temu的弟弟Awi最先看到這一群官兵，於是他叫大家趕快躲進山麓旁邊的一棟廢棄空屋裡。但是一群人因為不久前才經歷了一場戰鬥，加上其中一位夥伴因為受到槍傷，一直不斷流血而影響行進的速度。他們如果沒有人受傷，也許就可以全數安全返回Pyanan（比亞南），但是因為Hayung（哈勇）沿路失血過多，行動稍微緩慢，因而被其中一名官兵看到他最後躲進空屋的身影，於是搜索隊開始集中起來，對準他們躲藏的空屋開槍射擊。

「砰！砰！砰！」雙方互相開槍數回，其中一槍擊中Temu的太陽穴，立即斃命。「砰！砰！砰！」……，一時之間，搜索隊展現強大的火力，且他們的槍很快就可以填充子彈，連續發射。剩下的14個人寡不敵眾，便匆忙撿拾Temu遺留的毛瑟獵槍、子彈、網袋，從後門快速逃向遠處的叢林裡。雙方隔著叢林互相監視與警戒；泰雅族的獵人躲在遠處看著兩個士兵和三個漢人走近Temu的屍體，其他12個士兵則像是在保護其中一個很重要的人，圍繞在他的四周戒備著。

Temu的弟弟Awi躲藏的樹叢最接近空屋，他看見兩個人合力把哥哥的屍體拉出屋外，接著一個士兵用腳和槍管把趴在地上的屍體翻轉過來，其他的士兵則輪流上前，對著Temu臉上的刺墨端詳，並且露出驚異的表情。一位像是帶頭的官兵，轉過身對著一個戴圓盤帽子的人舉起右手掌，接著靠著眉間，又迅速放下右手掌，示意請他過來檢查Temu的屍體。過不久，戴圓盤帽子的人命令三個戴斗笠的漢人在空屋旁邊挖一個坑，不一會兒就看見那三個漢人，合力把Temu的屍體搬進剛挖好的坑裡用泥土埋起來。Awi和堂哥Yuraw邊看邊流淚，Yuraw背起Temu空無一物的馘首袋和毛瑟獵槍，輕聲安慰Awi說：「走吧！Awi，我們剛剛遇到的這些日本人，他們的腳印很快就會踏進了Pyanan（比亞南）了……」

　　當天晚上他們回到Pyanan時，頭目Nomin（諾命）叫他的

弟弟Takun把Temu的大兒子Piling叫到家裡來，接著告訴他這個不幸的消息。Awi邊哭邊把他大哥辛苦交換來的鹽巴、毛瑟獵槍、火藥，全部交給他的姪兒Piling。自此，Temu的家族就由大兒子Piling取代父親的地位。Piling在其他親人的協助下，扛下撫養弟弟、妹妹的責任。

真是禍不單行，Yukan出生不久，不僅父母親雙亡，而且從此連續三年，一進入冬天就不斷降雪和降霜，整個Pyanan的農作物都欠收，連同埋藏在地窖的地瓜、收藏在穀倉裡的小米，都不夠大家食用。Yukan的兩個哥哥、三個姊姊因為缺乏大人照顧，在這三年內陸續因為感染瘧疾而過世。至此，Temu的家族只剩下大哥Piling、二哥Yuhaw，以及託付給Yukay（尤蓋）阿姨代養的Yukan。

以前，Yukan的父親Temu在世的時候，經常會帶著他的大哥Piling一起翻過Pyanan鞍部，到七家灣溪一帶的山區狩獵，順便帶著自己種的地瓜以及從山下交換所帶回來的鹽巴、火藥，和住在七家灣溪的族人交換一些山產。自從父親Temu過世之後，Piling就接收了父親在七家灣溪上游一代的獵場，而他同時也認識一位從Sqoyaw（志佳陽）搬到七家灣溪耕作的獵人Payas（巴雅斯）。

連續五年，Piling和Payas經常在大甲溪和有勝溪的河流交會處交換野生香菇、煙燻魚乾，以及一些Pyanan的族人從山

下帶回來的鹽巴、火柴。由於Piling辛勤地上山打獵、採集野生香菇，他才可以勉強養活自己和弟弟。

直到Yukan成長到八歲的時候，他就離開Yukay（尤蓋）阿姨，回到大哥的家，開始跟著大哥Piling、二哥Yuhaw，到Pyanan鞍部和七家灣溪的深山打獵與採集野生香菇。他們兄弟每一次上山，大概都會待半個月才下山。但是，只要一回Pyanan，他們就會聽到各式各樣從山下的宜蘭傳回來、有關日本人就快要上山的消息。而且，自從他們的父親在牛鬪河山第一次遭遇到日本巡查隊而遭到擊斃之後，Piling心中的恐懼感就愈來愈大。最後讓他決定把最小的弟弟留在七家灣溪的原因是，他聽到了從宜蘭枕頭山到員山的山腳一帶，到處都可以看到增派的警力為了保護樟腦寮而高度警戒。

連帶的，自從Temu被日本軍人槍殺之後，Pyanan的頭目Nomin（諾命）就一直告誡族人，將來的生活可能會有巨大的改變：

「以前，清國的人常常會進入山林砍伐樟腦樹和開墾原野。那時候，他們沿著山麓駐紮許多工寮，工寮裡的腦丁經常和泰雅族人發生許多糾紛和衝突。為了避免因為衝突造成的傷亡，清國的官人在叭哩沙設置一個專門安撫泰雅族人的場所（撫墾局）。

「他們找了兩個漢人，專門在那裡傳話、上山召喚族人下山。他們還找了兩個泰雅族的婦女，陪負責傳話的漢人一起上山把部落的頭目、族人叫下山，以接受他們的招待、犒賞物品和剃頭髮。凡是下山去剃頭髮的族人，在年末的時候，不管男女老幼，全部都會獲得一套清國人穿的衫褲。

　　「那時候，清國人每個月還會犒賞頭目白米、酒、鹽巴，或者是糧食的代金。他們還叫以前的老頭目從部落遴選一些小孩，住到那裡讀書、寫字。我小的時候，也被頭目抓下山啊，這樣他才可以每個月領到糧食的代金。但是，有很多小孩因為不習慣山下的生活，一個、一個生病死掉，我自己是被哥哥半夜偷偷帶回山上的，不然可能也會病死在山下。」Pyanan的頭目Nomin（諾命）6歲的時候，就被送到清國人設置的番學校就學。

　　「剛開始進去上學，我天天都在發抖害怕，什麼都吃不下，每天只想逃回山上。他們一開始，會先叫住在山下的噶瑪蘭小孩天天陪我玩，等我慢慢習慣了，才會接近我的身邊，每天給我吃午餐，怕我逃回山上。有時還會給我玩具、零食……但是我都不喜歡，最後還是被哥哥救出來了。那時候一共有二十五、二十六個小孩，後來在那裡感染怪病，一個、一個都死掉了。最後只剩下八、九個人，最後他們全部又被送回山上。

「現在啊，清國人被日本人趕走了。我們還是想繼續下山交換鹿皮、鹿角、山產作物。以前，清國的官人和勇丁都有被告誡不可以殺害泰雅族人，不然會被嚴重處罰。現在，日本人的勢力，和驅逐藏匿在山林裡竊盜的漢人的武力，我們都已經看到了。他們為了保護叭哩沙附近的樟腦寮，只要看到泰雅族人就會開槍射殺，甚至連只是想下山交換鹽巴、日常用品的人都有可能會被射殺。聽說，大嵙崁（桃園）和馬里光（新竹）的泰雅族人想要越過員山到叭哩沙交換鹽巴，也已經被日本人禁止了。日本人沿著山麓設置許多隘寮和武裝的隘勇兵到處巡邏。他們把隘寮周圍的樹林、草叢割得光禿禿的，只要看到我們泰雅族人一走近，就會開槍掃射。我聽大嵙崁（桃園）那裡的族人說，日本人在他們要通往宜蘭和新竹的山區，布下很長的鐵刺網並通上電流，很多不知道的人一摸到電網，身體就立刻燒焦、當場暴斃。他們後來也看到一些燒焦的山羊、水鹿屍體，散布在鐵刺網底下。最近，我又從Bonbon（芃芃）社的頭目Yumin（尤命）那裡聽到，南澳一帶的泰雅族人因受不了日本人禁止他們下山交換鹽巴和槍火，已經開始侵入濁水溪（蘭陽溪）下游的獵場獵殺人頭，甚至還燒毀了很多地方的獵寮。聽說，南澳的人還聚集七、八十個人，在大湖桶山的羅東溪山腳下獵殺越界砍柴的漢人，其中一個人還用槍射中了日本巡查部長的

頭部，導致部長當場死亡。現在，日本人為了要興師問罪，便派了兩個在叭哩沙交換所為他們工作的泰雅族婦女，到Bonbon（芃芃）社來探聽是哪裡的人犯下的凶行。」

不僅住在深山部落的族人感受到日本軍人的武力已經逐漸深入山區，而在日本這一方，也已經發布《撫墾署官制》，並且在叭哩沙設置「叭哩沙撫墾署」，負責管轄宜蘭支廳管內所有的番界。

日本人為了加速推展深入番地的各種事業，便採取了比清國人更強硬的手段：

1. 矯正番人的封閉性感情。
2. 嚴禁番人復仇性及習慣性殺人。
3. 要矯正番人的妄想迷信。
4. 對番民授以產業，以圖改善衣食住等日常生活，同時盡力啟發知識。
5. 開闢及改善番地交通，使其易於跋涉及通暢。
6. 開墾番地及利用森林的主、副產品。

這些經過日本總督府會議決定的推進政策，正慢慢深入台灣島上的每一座山林、每一個部落。在尚未步上軌道前，總督府又另外提示13條理番的方針，又被稱為《撫墾署長心

得要項》，期望各方以同一的步調、因地制宜的態度，推動治理番界的工作。

一、與地方溝通一事……

二、有關撫育番民之事

　　……生番本是純樸無智的人，如果能用赤誠及信義跟他們相處，不難贏得他們心悅誠服地來歸順。因此，撫番工作方法需要周延的思慮；如果只想贏得他們的好感而一味地給予酒食物品，則不久之後，習以為常會更增長他們的欲望；如果一味地想用威力震服他們，則會引起他們的猜疑心而進行報復，這些都不是好的辦法。因此，偶爾召集頭目及番民，給予酒食物品，以引起他們的歡心的同時，也要加以教訓，務必讓他們不能有「這些恩惠是應該的，沒有什麼值得感恩」的念頭。再說，要給予酒食物品也要先選定日期，才召集頭目及其他有力人士舉行，同時最好當場宣布即將要他們做某些事。事後，勤者贈予賞品，惰者加以訓誡等剛柔並用的策略為宜。

　　不管怎麼說，台灣現今及將來的要務如：樟腦的製造、山林的經營、原野的開墾、農產物的增

產、礦山的開發、日本人的移住等，任何一項山地的經營事業，都跟他們的撫育習習相關。所以教化他們，使他們能夠脫離野蠻的生活習慣，以圖增產興業，是台灣經營上的最大要務。……

三、有關物品的交易……

四、有關日本人及清國人出入山地事宜

番地有蒼鬱的森林、空曠的原野、沙金的產地，自然成為眾多追求致富者的目標，其中當然有不少日本人，有期望一攫千金的、有想興辦事業的，如果讓這些人自由出入山地，而不加以管制，則盜伐、濫採等弊害會層出不窮，也必然會與番民因些微之事衍生糾紛，何況目前番心尚未趨穩，正值難測之時，更是難料。因此，時機尚未成熟以前，有必要嚴加管制。不只日本人，其他如清國人或外國人，除了已經取得番民的同意、原本就從事製造樟腦的人准予出入外，其他對於新出入者、販賣槍器彈藥及其他物品給番民以圖私利者，均要設立最嚴密的關卡禁止他們出入山地，縱使已經准許出入者，也要到撫墾署申請認許鑑札，做為往後出入山地的憑據。

五、有關外國人事宜……

六、有關番民的槍械事宜

　　番民以狩獵為業，一般都持有槍械，因而殺人也很方便，所以有必要立法管理，以資規範。然而，貿然禁止他們持槍，不僅無效，反而會引起他們心生猜忌，也會剝奪他們維持生計的顧慮，因此，此時只好想辦法限制他們持有槍械彈藥，並令其必須報備。

七、……

八、……

　　這些鋪天蓋地而來的「理番政策」像是一片巨大的烏雲，從中央山脈的北方蔓延向南。

　　當Pyanan（比亞南）的頭目Nomin（諾命）以大勢已去的口氣告訴全社的族人說：「日本人已經全面禁止我們下山交換物品了，也禁止我們到其他的山區狩獵了。他們已在北方的山區布下通電的鐵絲網，再過不久，他們就會帶著一群警察和軍人來霸占我們的土地、沒收我們的槍枝，還要禁止我們紋面和獵頭。」Piling聽完頭目的話就知道，Pyanan的命運即將發生劇烈的改變了。他覺得留下來奮勇抵抗，至少可以一雪殺父之仇，但他擔心自己最小的弟弟Yukan的未來。如果天意註定整個部落即將淪陷，他也不想再讓自己的弟弟捲入

這無止境的燒殺擄掠輪迴中。

1900年10月，Yukan屆滿8歲。有一天，頭目Nomin叫他的弟弟Takun來找Piling，說他們要下山到天送埤去見宜蘭廳最大的官員西鄉廳長，頭目要Piling三天後一起代表Pyanan的族人去參加埋石宣示的儀式。當時已經被邀請的部落頭目和族人包括Tamaron（大馬籠，四季舊稱）14名、Pyanan（比亞南）5名、Mnoyan（馬諾源）10名、Kbanun（葛巴嫩）4名。而這次會面，是希望泰雅族人能夠出山接受日本人的約束：

一、在宜蘭廳治界內不出草、不馘首。

二、不得妨礙設置在山中的樟腦製造廠。

三、不殺害入山採藤及伐薪的漢人。

四、各社頭目對於上述各項要負起責任。

五、各社頭目移住平地。

六、移住者的衣、食、住悉數由官府供給。

七、教導各社壯丁知識。

三天後，他們在中午之前抵達天送埤，並先把背下山的山產帶到交換所交換。下午1點，西鄉廳長接見了各社的頭目，並一一進行問答，再由旁邊的翻譯。Piling蹲坐在一群族人當中，看著西鄉廳長隔著戒備森嚴的武裝警察，坐在天

送埤交換所的正門前方向泰雅族人訓話。Piling因聽不懂日本話，加上翻譯的年輕泰雅族通事只能片段地翻譯成泰雅族話，他最後抵擋不住背山產、連續趕路下山的疲累而開始打瞌睡。

西鄉廳長（日語）：

　　日本政府並非對你們戲弄，是想要保護你們出山，到平地從事農業，使你們的衣、食、住能夠獲得豐富的給養。

通事（泰雅語）：

　　他說，日本人不是開玩笑，他叫你們下山耕作，這樣，你們才會有衣服、食物、房子可以住。

Pyanan的Nomin（諾命）頭目（泰雅語）：

　　別的社我無法保證，但是今後我們比亞南絕對不會獵頭，請看看，我們最近的表現，結果如何呢？如果比亞南有好的表現的話，請給我們槍和子彈，讓我們可以去打水鹿、山豬……

Piling一聽到頭目說要用槍和子彈去打水鹿和山豬，立刻醒來。接著西鄉廳長又開始一連串的訓話、翻譯、頭目、翻譯……

西鄉廳長（日語）：

　　既然你們都慨然承諾，此後我對於所有的番社都要嚴格地執行上述的約定。如果有任一社不答應的話，會被視為意圖不軌，有要獵首的嫌疑，此時請你們給予勸告。

通事（泰雅語）：

　　他說，你們都已經答應他的要求，以後大家都要遵守約定。如果任何一個部落不答應，會……呃？就是準備要去獵頭，這時候你們一定要阻止他們。

Nomin（諾命）頭目（泰雅語）：

　　今天約定的事，我們會轉達南澳的泰雅族人，而今天因為有很多人下山，請給我們豬或水牛……

　　緊接著一群人被引導進入一個儀式場地，舉行埋石的宣示，然後每一個部落頭目獲得家豬1隻、火柴40包、毛線2包、米酒一斗、鹽2斗、白米4斗。Pyanan（比亞南）部落和Tamaron（大馬籠）部落因為距離最遙遠，所以頭目和族人全部獲得招待，讓他們留宿一晚，隔天一早再回山上。

　　回到比亞南Pyanan隔天，Piling帶著他分到的米酒、鹽

巴、火柴，和他的兩個弟弟Yuhaw和Yukan，從Pyanan鞍部，沿著有勝溪往南湖大山的森林裡打獵。他在天送埤的交換所換到一些獵槍的火藥，決定試試手氣。他們走了半天，從多加屯山下切到南湖溪的溪谷，打算在這裡紮營狩獵。接近傍晚的時候，他們聽到下游傳來一聲槍響，接著傳來急促的狗吠聲。不久，就看到一個獵人帶著一隻獵狗從南湖溪下游的方向跑過來。獵狗看到前面有三個人，先是狂吠了幾聲，Piling和Yuhaw便立刻舉起手上的獵槍警戒。

「你是誰？」Piling大聲問。

「Payas……呼呼，Sqoyaw（志佳陽）的Payas……」Payas呼呼地喘著氣回答。

「啊呀？兄弟，是你啊？你怎麼跑到上游來了？」

「剛剛……我在對面的山上開槍射到一隻水鹿，我和狗沿路追牠上來，想說越過有勝溪的上游我就打算放棄了，畢竟，這裡是你們Pyanan的獵場。」

「啊哈？是嗎？那現在正好在兩個部落的獵場交界，等一下抓到那一隻水鹿，我們就一人一半吧！哈哈……。Yukan，你沒有獵槍，你就帶著長矛，跟著Payas叔叔還有他的獵狗……我又忘記牠的名字了？」Piling把Yukan手上的長矛接過來，檢查刀柄上的黃藤索是否有鬆脫，檢查完畢又還給Yukan。

「patus（槍）！我的狗叫patus！」Payas說。

「喔，Yukan，你跟Payas、patus一組，我跟Yuhaw一組。趁天色還沒有黑，我們一起來圍捕那一隻受傷的水鹿。」

Yukan緊跟在Payas和獵狗patus後面，開始繼續追蹤水鹿的蹤跡。過不久，就聽到大哥Piling和Yuhaw從上游的森林裡，發出「嗚斯、嗚斯……」的趕叫聲。

「Payas，牠已經被我們嚇得又往下游逃跑囉！」Piling大聲呼叫。

「沃、沃、沃……」patus箭步衝進遠處一叢急促搖動的箭竹林裡。

「沃、沃……」狗的叫聲距離Payas和Yukan愈來愈近。

「Yukan，你守住溪谷這裡，我到patus那裡擋住水鹿逃往另一邊的峭壁，牠要是過去就追不到了。」Payas快速從溪谷的大石頭之間跳躍到對岸。

「沃、沃、沃……」patus發出凶猛的叫聲。

「嗚斯、嗚斯……」Piling和Yuhaw緊跟在後方追趕。

「啊～？Yukan，牠逃往你那裡了。快守住！」Payas從對岸快速衝過來。

「Yukan，那是一隻大公鹿，你趕快閃開……」Piling看到長著一對雄壯鹿角的水鹿正衝向手上只有一支長矛的

Yukan。

「Yukan，走開，我來射牠……」Payas大叫。

「沃、沃、沃……」patus緊逼著水鹿衝向Yukan。

Yukan緊握長矛的木柄，半蹲著身子把尖銳的刀鋒指向水鹿衝來的方向。他和水鹿都沒有退路，這是一個狹窄的山坳，只在大雨過後才會成為洩洪的支流，其左右兩邊都是長滿青苔的石壁。

「啊～」Yukan的眼睛愈睜愈大，水鹿也愈衝愈近。他先聞到水鹿的羶獸味迎面襲來，再看到水鹿的一對眼睛發出驚懼的光芒。

「你閃開！」Payas大喊。

「砰！」一聲，水鹿在半空中滾了半圈，「轟～」地衝向Yukan左邊的石壁，然後倒在Yukan的左腳下，怔怔地抽搐著。

「沃、沃……，哼～」patus衝上來緊緊咬住水鹿的脖子不放。

「Yukan？你有沒有受傷？」Payas從後面趕上來，先抱起跌坐在水鹿旁邊的Yukan。

「哼、哼、哼……」躺在地上的水鹿發出急促的呼吸聲，然後愈來愈慢、愈來愈小聲。

當天晚上，Piling把心裡最大的憂慮告訴Payas。他希望

從此以後能夠把Yukan留在Sqoyaw，跟著Payas到七家灣溪耕作、打獵。也許，這樣他的弟弟才能夠躲過部落與部落之間的戰爭，與日本人蠻橫的武裝侵略。

　　經過這次的狩獵經驗，Yukan知道自己的命是Payas救回來的，他對於大哥Piling的決定，完全沒有反抗。因為他日後也漸漸感受到這位從Sqoyaw來的獵人Payas真的很疼愛他。

　　在Yukan八歲時，Piling和Payas就互相約定rmagu（預占），以後要讓Yukan和Payas的大女兒Pitay（比黛）結婚。

　　從小就沒有看過父母親的Yukan，一直把大哥Piling當作自己的父親，所以當他聽到大哥決定要把自己送給Payas收養，甚至將來還要跟一位從未見過面的女孩子Pitay結婚，他的心裡突然產生了抗拒。但是，他最後還是聽從了大哥的吩咐，留在七家灣溪幫忙Payas。自從講定了這個婚約，Yukan跟著未來的岳父Payas進入Sqoyaw（志佳陽）獵區狩獵的機會也愈來愈多，他有時候只要想念Pyanan的家人，就會背著一些和Payas共同獵到的水鹿、山羊，翻過Pyanan鞍部去探望家人，之後他再帶著一些鹽巴、獵槍的火藥回到七家灣溪的工寮。

　　平常的日子，Yukan和養父Payas除了開墾土地、栽種作物，最令Yukan期待的，就是跟著Payas到七家灣溪用弓箭射魚──當他第一次看到Pitay跟著媽媽Labi（拉碧）一起到工

寮送補給品的時候，他就完全被眼前這一位有著烏黑頭髮、深邃雙眼和高挺鼻子的Sqoyaw小女孩深深地吸引住了。

在Yukan的記憶中，他第一次陪著Labi和Pitay走回Sqoyaw的路上，雖然身上背著將近五十斤的醃魚、燻肉和地瓜，他卻絲毫沒有感受到肩膀上的重量，反而永遠記住了那一次的夕陽落在志佳陽大山上的餘暉，和Pitay眼中交互閃閃發亮的光芒。他之後就隨著對Pitay愈來愈濃烈的愛慕之情，把自己完全歸屬於Sqoyaw的一份子。

做為Payas的繼子和傳人，Yukan的勤奮和謙虛，一直被他的養父默默地在心中肯定和疼愛。其中一項泰雅族獵人最獨特的狩獵技法，也是他從旁觀察、反覆練習之後，才從養父Payas身上學會了這一項獨特的箭法——聽風辨位。很快地，Yukan在山林裡布設陷阱的技巧、在溪邊拉弓箭射魚的準度，完全得到Payas的真傳，而他也是唯一一個，可以縱橫在Pyanan和Sqoyaw傳統獵區狩獵的獵人。

Yukan的身材高大，臉孔俊秀，雖然沉默寡言、個性倔強，但是大家也已經公開認知他就是Sqoyaw的女婿。

當年，Yukan的大哥Piling和Payas講定讓弟弟留在Sqoyaw時，就已經知道Payas因為也是養子，所以手中過繼的田地不會很多，而他也不像其他族人，在Sqoyaw的部落附近就有自己的耕作地。Payas的耕作地在距離Sqoyaw半天腳程以外的七

家灣溪。快的話，凌晨天未亮時點著火把出發，在太陽升起之前就可以抵達。後來因為經常往返耕作地七家灣溪花費的時間太多，為了省去一來一往之間耗費的大量時間和體力，在七家灣溪一帶墾耕的族人，就開始沿用過去祖先所搭蓋的工寮基地，慢慢擴建成為一個適合長久居住的臨時家屋。

　　這裡因為有比較大片的河川沖積平原和緩坡，慢慢地就有七個家族的族人到這裡進行燒墾、耕作。這裡的每一塊耕作地，都必須從粗獷的五節芒、高大的赤楊木和二葉松樹林間，奮力地剷根除草、開疆闢土成為耕地。也因為這邊的地質不像Sqoyaw的山坡地有很深的泥土，這裡的每一塊土地只要稍微往下挖掘，就會翻出許多礫石和岩塊，因此必須花費更多的力氣才能開闢出適合耕作的田地。但是看在終年潺潺不斷的溪水裡面，有著比Sqoyaw旁邊司界蘭溪來得更多、更大的魚群時，他們就覺得這一片土地就是祖先特別賜給他們的禮物。

　　Yukan的養父Payas過世那一年，他才剛滿二十歲。但他很快就學會跟他的大哥Piling一樣，扛起撫養家人的責任，並且繼承了養父過去在七家灣溪所開墾的所有田地。

　　Yukan後來也效法養父勤儉善耕的習性。因為他年輕力壯、身材高大，不到一年的時間，他又獨立開闢了另一塊田地，專門栽種他從Pyanan帶來的特殊品種的地瓜。由於剛開

墾的新地上壤肥沃，因此種植的第一批地瓜在三個月後就大豐收。他不僅分給鄰近工寮的親戚，還分送給Sqoyaw的族人。每個人吃著Yukan新栽種的地瓜時，無不對他大大稱讚，還帶動族人學著跟他一起種植新品種的地瓜，甚至有人直接稱這種地瓜叫做「ngahi Yukan」（尤幹地瓜）。

Yukan在山裡墾耕，仍然必須經常來回在Sqoyaw和七家灣溪之間，雖然他的心中時時掛念著他的妻子Pitay，但是他知道，以後的子孫如果沒有土地可以耕作，日子將會過得很辛苦。所以，他只能咬緊牙根，默默在七家灣溪一帶，和高大的赤楊木、盤根錯節的五節芒搏鬥，一寸、一寸地翻土、鬆地。他看著自己新開墾的田地面積，即將慢慢追上養父Payas留下來的舊田地的面積時，便知道未來將可以建立起一個安穩的家庭了。只是，Yukan心中一直有一個遺憾，就是他和Pitay結婚三年以來一直沒有自己的孩子。

直到有一年冬天，Yukan透過養母Labi住在Mlipa的親戚那邊詢問，知道有一個剛剛出生的小男嬰要送給人領養。於是Yukan就專程前往Mlipa，把那一個男嬰帶回Sqoyaw。這一個出生不到三天的小男嬰膚色，比隔壁的鄰居Baqan（芭干）剛出生不到一個月的男嬰Iban（伊凡）來得白皙。正好因為身材豐腴的Baqan生產後一直為了漲奶疼痛而困擾著，所以Pitay就天天抱著這個被取名為Nowa的小男嬰，到Baqan家去喝她

多得喝不完的奶水。

Nowa和Baqan的兒子Iban就在兩個媽媽同時輪流照顧下，慢慢地長大了。只是，Nowa的膚色和臉孔的輪廓，始終和Iban以及其他的泰雅族小孩有著明顯不同的特徵，最特別的就是他有著一雙單眼皮和微微自然捲曲的頭髮。但是無論如何，Yukan和Pitay對於這個帶給他們夫妻無比欣慰和幸福的小男孩，始終疼愛有加。連Yukan的養母Labi都說，這個小男孩一定是祖靈特別賞賜給他們夫妻的禮物。

兩個年齡相差20歲的泰雅男子，Yukan和Nowa，一個出生自Pyanan，一個出生自Mlipa。雖然他們從小都沒有看過親生的父母親，且先後來到Sqoyaw當養子，但是他們都在不同的時代裡，肩負了延續七家灣溪的泰雅家族命脈的使命。

這一片坐落在七家灣溪的田地，從Payas、Yukan再過繼到Nowa的手中，已歷經了三代。但是，這一片田地的主人，始終維繫著泰雅祖先勤勞墾耕的傳統。雖然，日本人的腳步已經翻越了Pyanan鞍部，來到了Sqoyaw和Slamaw，他們依然默默地在這裡過著與世無爭的生活，一直到第四代的主人即將誕生。

每年的冬天，住在七家灣溪的其他家族會依循傳統耕作的節氣，只要一看到雪山的山頂第一次積雪，就會打包行李返回Sqoyaw準備過冬。唯獨Nowa，他只要一想起家裡的妻

子Sayun，即將在春天產下他們的第一個孩子，就覺得至少還要先打到幾隻獵物和多抓一些溪裡的大魚，把牠們煙燻處理好後，再帶回去跟著養母、妹妹，還有他的妻子Sayun一起過冬，靜靜地等待另一個新生命的誕生。

這是1935年的1月，當Nowa決定返回Sqoyaw過冬的五天前，他帶著bu'前往平岩山東北方的南湖溪峽谷狩獵。這一帶的獵場，靠近東北邊的部分已經進入隔壁Pyanan的傳統獵區。Nowa一直記得養父Yukan說：

「有勝溪以北的獵場是屬於Pyanan（比亞南）的傳統獵區，Sqoyaw（志佳陽）的獵區則是從有勝溪一路往南，到平岩山再往東邊切到中央尖山之間的南湖溪流流域，千萬不要越過界線，這是以前祖先留下來的話。」

Nowa選擇在南湖溪中游一個背風的山坳搭蓋獵寮。他打算隔天一早帶著bu'溯溪往上，到接近Pyanan獵區的地方碰運氣。他先生起一堆篝火取暖，然後從他的軍用帆布背袋裡，拿出一個陳舊的綠色絨布鋼筆盒子。那個軍用帆布袋，是Sqoyaw（志佳陽）駐在所的佐藤主任送給他養父Yukan的禮物，聽說那個背袋從佐藤主任被派到遼東半島跟俄國作戰時，就一直帶在身邊，直到他來到台灣轉任警察的職務。佐藤當時送帆布袋的時候，還半開玩笑地說：「Yukan，你可以不必服勞役、蓋警察宿舍，但是記得要常常用這個背袋，裝

七家灣溪的煙燻鱒魚帶給佐藤主任啊！」也是從那個時候開始，Sqoyaw（志佳陽）的人才第一次聽到，原來生長在七家灣溪裡的mnbang，日本人叫牠「鱒魚」。

等到Yukan過世之後，這個帆布背袋就一直被Nowa帶到山上打獵。他其實只用它裝一些乾糧、衣服、鹽巴，還有他的母親Mewas送給他的parker "51" 鋼筆盒子和筆記本。而他獵到的獵物，還是習慣使用養父Yukan親手編織的網袋來裝。

Nowa自從收到親生母親送給他的鋼筆之後，就一直細心保護它。平常白天忙著農事，到了晚上一個人在七家灣溪的工寮時，就會拿出這一支鋼筆，描繪他在七家灣溪捕到的鱒魚。他覺得這一支黑色的鋼筆，似乎隱藏著許多祕密。他往往在描繪鱒魚的時候，不自覺就會看著筆蓋上的銀色箭矢發呆。他在小的時候，就是因為看到bu'的胸前有一塊白色箭矢的形狀，才決定把牠留下來。

「厄～沃、沃、沃……」陪伴Nowa到南湖溪中游狩獵的bu'，從駐紮的獵寮看到黑暗的樹叢裡，有一雙發出紅光的眼睛盯著他們看。

「bu'！不要叫！」Nowa放下筆記本和手上的鋼筆。

「刷～」樹叢裡的大動物轉身逃進黑暗的森林裡。

「沃、沃、沃……」bu'也抽腿衝進黑暗的森林裡。

「bu'！不要追了，bu'！」Nowa隨手抓起一把柴火，跟著

bu'的叫聲衝進森林裡。

「砰！」從Pyanan的獵區那裡傳出一聲槍響。Nowa停止不動。四處一片靜寂，連bu'的叫聲也都停止了。過不久，遠方的樹林裡冒出微弱的火光，隱約有兩到三個人在不遠的樹林裡，追逐剛剛開槍射擊的獵物。

「沃、沃、沃……」bu'的叫聲也從有火光的方向傳出。

「bu'！」Nowa試著想把bu'叫回來。

「喂～」對方回應著。

「bu'！」Nowa再叫一次。

「喂～你是誰啊？」對方問。

「我是Nowa Nokan，從Sqoyaw（志佳陽）來的。」

「Yukan？Yukan Payas？」對方再一次確認。

「對！Yukan Payas，我的父親，是從Pyanan（比亞南）來的。」

「那麼，你就是Nowa Nokan？是嗎？」

「對！我是。」

等兩支火把從森林兩端慢慢靠近，三個從Pyanan來的獵人，興奮地舉著火把往Nowa紮營的方向快步奔跑。其中一位年紀比較大的年輕人，帶著興奮的表情走上前用力拍打Nowa的肩膀。

「啊該！你是Nowa Nokan，我們是堂兄弟啊，你的父親

Yukan Payas（尤幹・巴雅斯）和我的父親Yuhaw Temu（尤浩・鐵木），其實是親兄弟喔。」Nowa在深夜的叢林裡遇到從Pyanan來的堂兄弟，高興地請他們一起到獵寮旁邊就著篝火休息。

「好可惜，剛才沒有打到那一隻水鹿。不過，沒有關係，可能牠是帶我們來找你的！」叫做Wilang（偉浪）的堂哥說。

「Wilang，你們怎麼會上來？Pyanan的親戚都好嗎？你的父親還在嗎？」Nowa問。

「啊，就想說，趁著Pyanan鞍部這裡還沒有下雪，就帶著弟弟Temu和我的表弟Tali一起上來走一走。喔，Tali的外婆就是Yukay（尤蓋），以前你的父親剛剛出生的時候，媽媽就難產去世了。所以那時候，他們把你的父親送給Yukay（尤蓋）撫養，一直到他8歲才被送到Sqoyaw（志佳陽）這裡。喔，我的父親昨天知道我們要上來，還特別提到如果經過Sqoyaw的獵區，可能會遇到親戚，結果真的就遇到你了。我的父親現在還健在啊，他還是在Pyanan駐在所當警丁，幫忙日本警察處理一些雜務。你父親Yukan去世的時候，他一接到平岩山駐在所打來的電話，就立刻趕去Sqoyaw看他最後一面……」

「啊！我知道，Yuhaw伯父有來……」Nowa因想起過世

的養父Yukan而有點傷心。他突然想起一件事，然後隨手從帆布背包裡抽出一瓶日本清酒。

「啊該？這是日本酒？你怎麼會有？」Wilang嚇一跳地問，他從來沒有喝過日本的清酒。

「喔，就一群日本登山客，前一陣子請我帶他們到七家灣溪，表演用弓箭射魚給他們看，不過，還是要歸功於bu'，這是牠得到的禮物啦，哈哈……」

「啊該？對啦，我聽我父親說你的狗會潛水抓魚喔？」另一個年紀比較小的堂弟叫做Temu（鐵木），他取了他們祖父的名字。

「喔，bu'不是潛水抓魚啦！」Nowa拍拍坐在他腳下的bu'，「牠是跳下水去咬我用弓箭射到的魚！」

「喔！對了，我父親這陣子正好要幫Skikun（四季）駐在所一位叫做津崎的警察，找一隻七家灣溪的mnbang。他說台北的總督府裡有個專門研究淡水魚的日本人，想要一個mnbang的標本，所以他才叫我父親幫忙抓。」

「喔，mnbang，以前平岩山駐在所的下松主任曾經告訴我，這種魚跟他故鄉鹿兒島深山的櫻鱒（yamame）很像。這種魚在深山產卵，幼魚會順著河流游向大海，然後在海裡長大，成魚到了秋天，又會從海裡循著河流，洄游到出生的地方產卵。他說，這種野生的櫻鱒很珍貴，是高級的料理。可

能日本人想要帶回去養殖……」

「不是喔，我聽我的父親說，他的警察朋友的朋友想要把mnbang的標本送到美國做研究。我們哪裡知道是要做什麼？反正，把牠抓來煮湯或是做成醃魚肉反而比較好吃啦，哈哈……」Temu堂弟說。

「來，我們四個人先一人一口，喝看看這個日本人帶來的酒，有沒有比我們自己釀的小米酒好喝。」Nowa先把瓶蓋鬆開，然後把酒瓶交給堂哥Wilang。

Wilang打開瓶蓋後，先倒一些酒在瓶蓋裡，然後開口祝禱：「嗯哼！」他先清一清喉嚨。「所有在這裡的神靈、祖先，感謝祢讓我們堂兄弟還有表弟聚在一起，我們先請祢們享用，請保佑我們，能夠平安地獵到祢允許我們帶回去的獵物……」他接著把瓶蓋裡的酒灑向三個方向之後，四個泰雅族的年輕獵人便就著熊熊的篝火，你一口、我一口地分享著bu'贏得的日本清酒。火光隨著冷冽的山風搖曳，映照在四個紅通通的人臉上，也映照在bu'胸前那一搓箭矢形狀的白色斑紋上。

隔天清晨，一群siliq（占卜鳥，綠繡眼）在獵寮左邊的灌木叢裡「嘰哩、嘰哩」地叫跳著，接著又從他們左前方飛向右邊的樹林裡。

「哎呀，走吧，Wilang，你們剛剛有看到siliq飛過去

嗎？」Tali表弟剛剛起身走到樹林旁邊，就看到這一群siliq帶來的吉兆。

「有，我也看到了。一定是祖靈給的回應，因為昨天祂們也喝了日本清酒。今天一定會有祂們給的禮物……」Wilang說。

「那麼，我們趕快出發去追昨天的那一隻水鹿吧。」Temu說。

四個人加上bu'，一路追蹤水鹿的足跡，往有勝溪的源頭前進。Nowa因為遇到Pyanan來的堂兄弟，所以就毫無忌諱地帶著bu'，一起進入Pyanan的傳統獵區。他們四個人加上一隻獵犬，將近中午時刻，終於在有勝溪和羅葉尾溪的河口交會處追到了這一隻水鹿。他們輪流背著那一隻水鹿回到了七家灣溪的工寮，先到溪邊處理水鹿的內臟，接著再把鹿皮剝開，把鹿肉切成四份。右前腿帶著頭部和肋排的上等鹿肉，在經過決議後，交給表弟Tali背回去跟他的母親分享，以感念多年前他的外婆Yukay撫養Nowa的養父Yukan的恩惠。剩下的三份鹿肉，Nowa原本打算全部都讓堂兄帶下山，但是Wilang一聽說堂弟的妻子Sayun即將要生產，就堅持一定要把一份後腿肉讓Nowa帶回去給他的妻子吃。剩下的鹿肉、鹿皮，Wilang他們就背回Pyanan，當作跟親戚們一起分享Nowa即將當爸爸的祝賀喜禮。

NYux
SPI awa'
Atayal
1935

第九章
mnbang 鱒

Wilang、Temu還有Tali三個人，中午從七家灣溪離開的時候，他們的獵袋裡除了有鹿肉、鹿皮，還有許多Nowa送的煙燻魚乾，和一條剛剛從七家灣溪射到的mnbang。為了不讓魚體腐壞，他們事先用一些鹽巴塗在mnbang的身上，然後用葉子一層、一層包裹著帶下山去。他們在傍晚之前回到Pyanan，因為Tali背的鹿肉很重，所以就叫他先回家。

　　Wilang叫Temu把他們背回來的山產趕快帶回去，他自己一個人先帶著這一隻塗了鹽巴的mnbang，到Pyanan駐在所交給擔任警丁的父親。

　　「啊該？Wilang，你們怎麼抓到這麼大的mnbang？我從小就是跟你的大伯父Pilang一起背著野生香菇、地瓜，到七家灣溪跟那裡的人交換mnbang。這是你的堂弟Nowa抓的嗎？」警丁Yuhaw一打開兒子Wilang用層層葉子包裹的鹽漬mnbang，眼睛就亮了起來。

　　「阿爸，真的，我這次和Temu在七家灣溪，親眼看到Nowa用弓箭射mnbang。他的箭法真的很準，啾，一下就射中。」Wilang講得振振有辭。

　　「你們在哪裡遇到Nowa？他的狗有幫忙抓mnbang嗎？」父親問。

　　「我們是前天晚上從有勝溪的源頭追蹤一隻水鹿，後來快到Sqoyaw的獵場那裡時，遇到Nowa帶著他的獵狗，bu'，就

是那一隻會跳進水裡抓mnbang的獵狗，我們正好遇到Nowa也在那附近打獵……」Wilang還沒說完，Temu就從前門走進來打斷他的話。

「阿爸，我們昨天一大早就一起追蹤那一隻水鹿，幸好Nowa有帶狗，後來我們在有勝溪和羅葉尾溪河口那裡追到牠。是Wilang開槍射到的。喔，還有，那隻狗真的很厲害，牠知道我們要去七家灣溪射mnbang，就一直在岸邊對著河裡面的mnbang大叫。Nowa怕牠把mnbang咬壞，所以先把牠綁在樹下。」Temu一五一十地把昨天經歷的事情向父親報告。

「啊，太好了，我正好明天要下山去一趟羅東郡警察課送公文，順便可以把這一隻mnbang帶給Skikun（四季）駐在所的警察津崎友松，他一直問我能不能幫忙抓一隻mnbang給他？他說，他要把mnbang寄到台北給人做研究。喔，對了，Wilang，你的堂弟Nowa應該有送煙燻的mnbang給你們喔？」

「喔，有，他送很多mnbang喔！包括早上射到的五條mnbang，我們把最大隻的送過來，其他的都留在家裡。他過幾天要回Sqoyaw準備過冬。聽說，他的妻子Sayun快要生產了。Pitay阿姨有問過Sqoyaw的巫師Hemuy（黑慕伊），巫師告訴她說：『妳的女兒會生一個男孩！』她回來偷偷告訴Nowa，所以Nowa非常高興，說要先跟Pyanan的親戚分享他的喜悅，他原本還想把我們早上抓到的水鹿，全部叫我們帶

回來。不過我還是留下一隻後腿，讓他帶回去給妻子Sayun吃。」

「啊，真是太好了，Yukan終於有一個孫子了……我的弟弟Yukan，這麼年輕就走了……我記得，大哥Piling把他送到Sqoyaw那裡去時，我常常會想念他想到哭。因為，我其他的弟弟、妹妹全部都因為感染瘧疾，很早就走了。哎，不像現在，部落裡有衛生室和駐診的醫生。雖然說，日本人來統治我們的部落，沒收了獵槍、不准紋面、不准獵頭，但其實也帶來一些生活的改善。不過，我到現在才明白你們的大伯父，為什麼當年要把我最小的弟弟送到Sqoyaw。你看，要不然到了現在，我們可能就沒有辦法傳承很多的文化了。當時，我為了要養活你們，不得已接受日本警察的徵召，去Skikun（四季）那裡受訓當警丁，要不然，我們的獵槍全部被沒收了，我怎麼能夠靠打獵養活家人？為了這個原因，你的大伯父還生氣地要跟我決裂。也還好，我在駐在所當警丁，因此才能睜一隻眼、閉一隻眼，偷偷把查獲到的獵槍還給族人。只是到現在，你過世的大伯父Piling一直都沒有原諒我。哎～你們現在先回家吧！明天一大早，你和Temu都要陪我一起下山去羅東，順便也把Nowa送的煙燻mnbang帶到羅東去賣。這一次我們可能會需要下去三天。」

Yuhaw把大兒子Wilang從七家灣溪帶來的鹽漬mnbang，

帶到駐在所隔壁的宿舍，找到一個塑膠袋，小心翼翼地把已經開始脫水的mnbang放進袋子裡。從外觀可以看到靠近牠的魚鰓和腹部之間，有一個被魚箭射中的痕跡，他擔心mnbang會腐爛，又把mnbang拿出來清除牠的內臟，再塗上一些鹽巴在牠的外表和腹部裡。最後，把牠捲在一張舊報紙裡，再用一層塑膠袋包起來。

隔天凌晨，Yuhaw和兩個兒子從Pyanan出發前往羅東。他們沿著溪谷下到四季平台底下的四重溪，在這裡有一座吊橋，吊橋上方有一個廣闊的四季平台，現在都由四季那裡的族人到這裡耕作。但是以前，這裡是Mnoyan（馬諾源）部落族人的居住地。

1912年10月，日本人推進「理番道路」討伐新竹李棟山（馬里光）、塔克金（基納吉）時，位在濁水溪源頭的Skikun（四季）、Mnoyan（馬諾源），就不斷聽到隆隆的砲轟聲。

Mnoyan（馬諾源）的頭目Sulu（蘇路）在面臨招降的過程中，一直以農忙為藉口，抗拒日本警察的召喚，同時還傳話說：「如果歸順的條件當中，去掉繳交槍械，並答應將狩獵用的槍械借給部落的青年的話，或許會考慮歸順。否則，無論受到怎樣的討伐，也在所不惜。」而在這之前，Mnoyan（馬諾源）的人時常和新竹馬里光的族人往來，且常常當面或是背地裡，嘲笑已經歸順的泰雅族人沒有骨氣。而在一份

當時宜蘭廳警部負責番務課勤務的坂井警部，所提出〈巡視溪頭番〉的抄錄報告中這樣寫著：

（六）馬諾源社（未歸順番）（1911年10月21日）

「……馬諾源社對任何事都虛張聲勢，這是不爭的事實。既然如此，為了將來治番上的需要，是否要以該社做為溪頭番的犧牲，而將它全部殲滅？」

1913年8月5日的晚上，日本討伐隊第一守備隊為了討伐Mnoyan（馬諾源）和Skikun（四季）兩社，來到了Mnoyan下方的溪谷，並由湯池少佐率領一隊討伐部隊向Mnoyan（馬諾源）出發。

大隊人馬因徒步涉溪困難，於是迂迴繞到Skikun（四季），因而延誤攻擊的時刻，在黎明時被Mnoyan的族人發現，並利用地形之便，和第一守備隊進行激烈的槍戰，一直到下午3點鐘，日本軍隊才占領Mnoyan。而堅持不歸順的頭目Sulu（蘇路），在戰鬥中巧妙地讓婦女和小孩逃出避難，等到日本人占領部落，他們已經全數逃到深山裡。但是在這一次的討伐中，也有走避不及的族人被射殺，還有兩位婦女先遭到強姦後再被刺殺。躲在森林裡的族人，只能憤慨地遠遠看

著被燒殺擄掠後的Mnoyan，冒出一團、一團的濃煙烈焰。

當泰雅族的警丁Yuhaw Temu（尤浩・鐵木）帶著兩個兒子跨過吊橋時，他遠遠地就看著對面山坡上的四季平台，燃起一縷濃濃的白煙，這是二十多年前從四季搬到馬諾源舊地耕作的族人，在工寮裡煮食地瓜的炊煙。

「哎哎，Wilang，我的肚子餓了，剛才下山的時候，什麼都沒有吃。想說，到了四季駐在所那裡，應該會有津崎警員的妻子煮的地瓜稀飯可以吃呢！他們日本警察的宿舍裡，常常會有好吃的日本鹹魚和罐頭……」

「阿爸，我的袋子裡有地瓜，你要不要吃？」Wilang說。

「好啊，先吃一個吧，不然等一下還要走到Tabu（土場）那裡搭小火車，我怕會走不動。」

太陽從東北邊的南湖大山升起時，他們父子三人便抵達了四季駐在所。正好津崎警員在駐在所正門右前方的升旗台升旗，他們父子三個人一看到冉冉升起的日本國旗，就定住腳步不敢前進。津崎警員把日本旗子升到頂端，再把旗桿上的拉繩繫緊之後，一個人在升旗台前舉手行禮……他其實剛才就已經看到Yuhaw帶著他的兩個兒子，從駐在所下方的緩坡走上來，而他只是想看看他們是否也能遵照命令，看到日本的國旗就要先行禮。果然，當他行舉手禮的時候，從右眼的

餘光裡就看到三個泰雅族的父子也放下手上的束西，跟著他向日本國旗敬禮。

「津崎警員早安，你看看我帶什麼來給你加菜？」Yuhaw一看到津崎警員放下右手，就從背包裡拿出昨天晚上包在塑膠袋裡的mnbang，把牠捧在雙手上。

「喔？早安。你手上拿的不會是那個，我一直拜託你幫忙找的黑色的鱒魚吧？」津崎警員走上前去接下那一包塑膠袋，邊走邊拆開袋子。

「這是昨天早上我的姪兒，在Sqoyaw（志佳陽）深山的七家灣溪射到的……」

「啊～好大一隻，不過，牠的腹部已經開始腐爛了，我要再多塗上一層鹽巴，不然寄到台北，可能就會完全腐爛。喔，你們吃過早餐了嗎？要不要一起到宿舍裡吃稀飯？」

「小孩子吃過地瓜了，我來幫你處理這一隻魚的標本吧！Wilang、Temu，你們先在外面等我一下……」Yuhaw從津崎警員的手中，再接下這一隻已經微微發出腐臭味道的

魚體。等他們一走進廚房，津崎警員就從抽屜裡拿出一把木尺，叫Yuhaw把魚標本攤在桌上用尺丈量。

「……33.9公分，這應該是一隻雄魚吧？Yuhaw？」

「對，這是雄魚，你看牠的下顎有倒鉤，而且體型都會比母魚還要大。我們泰雅族人抓到大的魚，都會先給年長的人吃……」

「這隻魚的標本，不是要拿來吃的，聽說是要寄到阿美利卡……」津崎警員拿出一罐鹽巴，用湯匙舀一瓢交給Yuhaw。

「阿美利卡（美國）？」Yuhaw瞪大了眼睛，「我連台北都還沒有去過呢，這隻魚竟然比我還要幸運啊……」Yuhaw一邊羨慕、一邊用手沾上粗鹽，輕輕地塗在魚標本上。

「我的朋友青木先生是專門研究台灣淡水魚類的專家，聽說他以前的一位長官在阿美利卡念博士，他要寄標本給他研究。處理完這個標本，我們一起先吃稀飯吧，上一次你從Pyanan帶來的地瓜，跟白米一起煮，特別好吃。正好，今天也有煎魚，你也一起來嚐一嚐日本的鹽漬鯖魚……」

警丁Yuhaw Temu（尤浩‧鐵木）再從四季駐在所走出來時，他手上的魚標本，已經被津崎警員重新用兩層塑膠袋和更多的舊報紙包裹。他拜託Yuhaw到羅東的郵局幫忙寄送包裹，除了郵資以外，他也把寄到台北總督府中央研究所的地

址，和收件人「青木赳雄技師」的紙條交給Yuhaw。

尤浩一路上呵護著這一個包裹，一直到中午抵達Tabu（土場）運柴火車站。他先換穿帶下山的警丁制服，再叫兩個兒子換上青年團的制服，接著三個人坐上開往羅東的運柴車後面加掛的乘客車廂。

五天後，台北總督府中央研究院的青木赳雄技師，收到了從宜蘭羅東郵局寄來的包裹，他打開一看，發現是一隻雄魚，便趕快用清水沖淨標本上的鹽粒，再用紙巾吸乾魚體上的水分，之後就把它放進福馬林的浸漬瓶裡。他轉身走進書房，開始提筆寫信：

> 我到宜蘭宜蘭濁水溪調查的時候，聽到一個消息。有人告訴我：從宜蘭越過比亞南鞍部，到猛惡的薩拉茂番盤據的內山，也就是大甲溪源流，有很多一尺餘長的黑色大魚。我起初沒有把這句話當一回事。但是想了一想，覺得需要把真相弄清楚，於是交代山地駐在所下山的警察多方打聽，假如能捕獲一隻，請他做成標本寄給我。不久之後，這個警察果然把一隻現抓的寄過來了。我看這是一隻漂亮的雄魚。我巴不得快快地向您報告。不過，番地沒有藥水用來保存，警察灑了鹽巴，以為這樣

就可以保存。我在研究室接到手時，已經腐爛了一半⋯⋯。

「impossible（不可能）！」美國魚類學權威喬丹博士（Dr. D.S. Jordan）一聽到他在博士班裡的日本研究生大島正滿，興奮地衝進研究室向他報告這個消息，馬上收起笑容，冷冷地回答他：「冷水性的鱒魚在熱帶地方的台灣不連續地棲息的消息，從科學常識判斷，是無法令人相信的。你說，那隻鱒魚已經用鹽醃漬，想想看，你們日本人不是喜歡吃鹽漬鮭魚、鹽漬鱒魚嗎？我想，是在台灣的日本警察，把常吃的鹹魚，很親切地帶進山區給番人佐餐的吧。說不定是用小船搬運時，不小心翻船，船上的鹹魚流入溪中被人撿起來的。」

大島正滿失望地回到房間，再一次確認研究助理青木赳雄從台灣寄過來的標本照片。他仔細地看，發現這根本不是鹹魚，而是珍奇的鱒。為了說服學術權威的老師，他已迫不及待想要回到台灣，趕快到這一隻魚的棲息地，活抓幾隻回來不可。

兩年後，他從美國坐船回到台灣，按照地圖上的指示，從唯一通往霧社的路線來到了霧社。但是他根本無法越過Mlipa（馬力巴）和Slamaw（薩拉茂）的領地，進入大甲溪

的源流。因為這時候，兩邊的泰雅族人正在聯手反抗日本，外地的人一步也踏不進去。他只從霧社支廳廳長長崎警部那裡，獲得一隻薩拉茂駐在所的警察事前養在水池裡的幼魚。接著，他又試圖想從東部花蓮沿著立霧溪進入內太魯閣，再從合歡越道上行到薩拉茂。但是因為有被太魯閣族馘首的危險，所以他還是放棄了計畫。最後，退而求其次，他開始收集曾經出現冷水魚之地的資料，儘管嚴重不足，但他還是把它寄給美國的喬丹博士。他在信中還是特別強調：「他在台灣所發現的不是鹹魚，番地溪流裡真的有活躍的鱒魚在游。」這下，換接到報告的喬丹博士大吃一驚。

「你發現的事實真的會震驚學術界。我跟你用共同研究的名義發表論文吧。」

於是，這隻魚標本被賦予一個新學名。但又因為是棲息在薩拉茂一帶的溪流，所以叫做「薩拉茂鱒」（*Salmo saramao* Jordan & Oshima）。隨後，喬丹博士在接到大島正滿的報告後，覺得這一個震驚全世界的魚類學大事，若僅以鮮為人知的山地部落名字命名，恐怕不為外人所認識，所以改以（*Salmo formosanus* Jordan & Oshima）「福爾摩沙鱒」（台灣鱒）為名。

【附記】

《快要消失的寶貝》（大島正滿，1935）

台灣高山的泰雅族正逐漸被日本同化。女孩子丟棄傳統的衣服，開始著日本的和服，而年輕的青少年也開始著青年團制服。我想，不久以後就再也看不到傳統習俗和服飾了。

1935年7月15日，大島正滿搭乘的船抵達了基隆港。一路陪同他前往台中Slamaw（薩拉茂）調查的成員，有台北第二師範學校的堀川安市、中村廣司（他代理因為生病不能登山的青木赳雄）、大島舜（大島正滿的長子）、上野益三、奧川一之，以及朝日新聞社電影特派班林田重男等七位成員。他們於7月18日，搭乘由羅東開往太平山林場的運柴火車。火車一路沿著濁水溪（蘭陽溪），從羅東的竹林車站開往土場。

當火車進入濁水溪的中游一帶，大島看到對岸的達拉（崙埤部落）就對同行人說：「達拉Talah是從卡奧灣Gogan（大嵙崁，桃園）遷下來的，他們在大正9年（1920）時搬下來住。」

的確，為了協議遷居的問題，1919年1月13日，桃園卡奧灣的Pyasan（比雅山）長老Matusto（馬志多），從下著雪的

Balung（巴陵），帶著兩位族人翻山越嶺到宜蘭的Skikun（四季），跟那裡的頭目Yumin（尤命）達成遷居的協議。

隔一天，Pyanan（比亞南）、Mnoyan（馬諾源）的頭目都來到Skikun（四季）（其他各社都委任四季社的頭目Yumai（尤命））參加部落會議。他們連續進行兩天的部落會議斡旋，後來接受了Pyasan（比雅山）頭目的懇求。至於如何補償，決定先由Gogan（卡奧灣三社）分別先向桃園廳和宜蘭廳提出申請，等獲得日本人的同意後再協議。在一份他們向桃園廳和宜蘭廳申請遷居的官方通報當中，註記了如下的遷居理由：

一、希望移住的理由

　　現住地年年受到暴風雨的災害，而目前所耕作的土地，大都在傾斜的地面上，表面的土壤幾乎都已流失、荒廢，不僅各種作物的生長狀況不佳，加上經年累月受到霜雪之害，所以缺乏糧食，生活非常困難。而移住地的地質頗為肥沃，適合種植作物，又有水利之便，預計將來可以開墾成為水田，而且山裡的獸類很多，也是卡奧灣番各社共同的狩獵地，因此他們從數年前就企圖要移住到該地。

一個月後，宜蘭廳同意17戶（87人）Gogan（卡奧灣三社）的移住申請。為了讓他們宣誓，宜蘭廳再把卡奧灣的Hagay（哈凱）頭目等22人、溪頭各社頭目，及有勢力者70人，召集到濁水警戒所進行訓示：

1、絕對禁止刺墨。

2、暫時不貸與狩獵用的槍械。但是，必要的情況下會貸與，然跟一般番人的待遇相同。

3、番社要在官廳所指示的地點，絕不可分散在一處以上的地方。

4、開墾區域不得在支廳長所指示的範圍之外。

5、每10戶出1名，每天要到駐在所擔任交通及其他勞務。但是，在開墾完新墾地、確立生活基礎以前，先免除其勞務。

6、要負起警戒及保護在sunatsupe、圓山溪北方一帶（山腳）人民出入和事業的責任。

7、絕不可仿效本島人的服裝、語言及其他習俗。

8、物品交易暫時到松欏溪駐在所，並要服從所員的指示。

9、移住番要創新社，不能使用原社名，日後從移住番人中選出頭目、副頭目各一名，並提出報告。

10、不得私藏槍械，如果以前有私藏槍械，此時要提交叭哩沙支廳長。

11、如果有人有凶暴的行為，要由社眾加以逮捕，並引渡給官廳。

訓示完畢，溪頭各社派出最有勢力的Skikun（四季社）頭目Yumin（尤命）做代表。他站起來，把冷水盛在碗中，並跟移住的Gogan（卡奧灣）代表——Pyasan（比雅山社）頭目Abaw（阿寶）、Qara（卡拉社）頭目Silan（西嵐）一起宣示：「將來一定確實遵守命令！」

然後同行的部落族人也用手指沾那一個碗裡的冷水，向祖靈祈福。最後共同在濁水駐在所內埋下一顆石頭，以證明這一個約定。

當Gogan（卡奧灣三社）完成了遷居的心願，他們就必須按照先前在Skikun（四季社）達成的協議，由每一戶提供一隻豬給溪頭各社的族人，但他們一時之間無法提出補償品，所以平均每戶拿出5元，先湊足現金25元及泰雅族披肩5件（tzyu'，1件12元），合計85元；另外，他們也已訂定契約，等生活脫離窮困，有農作物收穫時，由17戶遷居的族人共同提供14隻豬。

7月20日，大島正滿一行人又繼續沿著「理番道路」，

從四季駐在所往下走到四季溪畔。將近傍晚時，他們跨過四季溪吊橋，沿著濁水溪畔向比亞南前進。原先閃閃刺目的陽光從水面上消失，接著快速地從他們行走的溪谷升向東南邊的南湖大山山頂，此時，天空中布滿了密密麻麻、橘黃色的彩霞和雲朵。從比亞南鞍部的方向吹來陣陣的涼風，而樹影搖晃的叢林裡，傳出五色鳥的短促叫聲：「咕咕咕……咕咕咕……」

天色漸漸變得昏暗。

就在他們快要抵達比亞南駐在所的時候，大島看到兩個泰雅族青年，腰間繫著長刀從前面走過來。他舉起相機拍照，問其中一位：「你叫什麼名字？」年輕人回答說：「我是Pusing Maray！」大島問他：「你幾歲？」年輕人說：「16歲！」然後，他又問後面的年輕人叫什麼名字？年輕人說：「我是Sulung Syat！」大島問他幾歲，他說：「21歲！」大島說：「你們是Pyanan（比亞南社）的青年嗎？」他們說：「是的！」

大島從口袋裡拿出一隻黑色的parker "51" 鋼筆給他們，「你們寫一下自己的名字！」他們就依序把名字寫在紙上。大島看了之後大為驚訝，不相信這些住在深山的番人，竟然可以用筆寫出自己的名字。

隔著海拔1,924公尺高的Pyanan鞍部另一邊，剛剛喜獲第

二胎麟兒的Nowa，帶著妻子Sayun和他們的長子Pasang（巴桑），正在七家灣溪的田地耕作。傍晚，天空布滿了密密麻麻、橘黃色的彩霞和雲朵。

「我們走吧！Sayun、Pasang，看起來，有颱風要來了……」Nowa抬頭望向天空，那些橘黃色的雲朵像是長了毛毛的腳，正快速地飄往雪山的方向。他和長子Pasang收拾鋤頭、釘耙，準備回工寮休息。

經過七家灣溪畔時，Nowa逗弄Sayun背在身上的小兒子Hayung（哈勇）。

「Hayung、Hayung，你看，mnbang，以後等你長大，我也要教你用弓箭射牠們！」Nowa拉著Sayun背後嬰兒的小手逗他笑。

「沃、沃、沃……」獵狗bu'像是聽懂了主人的話，在一旁起鬨地叫著、跳著。

「沃、沃、沃、沃……」牠愈叫愈大聲。遠處有一個穿著警察制服的人向他們走過來。「bu'，不要叫。」Nowa認出他是Pyanan鞍部駐在所的岸良巡查。

「啊，Nowa，幸好你已經回到七家灣溪這裡，不然我可能還要拜託人從Sqoyaw（志佳陽）帶一個魚筌上來了。」

「岸良巡查，你說的是sguyu？你為什麼會想要用sguyu？」

「不是我要抓魚，我光是吃你射的魚就吃不完了。是今天早上，四季駐在所的津崎警員打電話通報說，明天下午會有一群從日本來的人，要到Slamaw（薩拉茂）來研究你們的mnbang，他希望我能先抓一些魚給一個叫做大島正滿的博士做確認。」

「喔，好。我明天一大早帶sguyu到你那裡去。但是，你知道要怎樣架設sguyu嗎？哎，算了，算了，還是我來幫你架設吧！」

傍晚，大島正滿一行人抵達Pyanan。沿路上看到這裡的人耕作的小米、番薯都長得很好。一位陪同他們上山的阿美族高山嚮導Totay（斗帶）先快速地跑向前去，忽然，從前方一個穀倉後面跑出兩個穿著紅色泰雅族衣服的女孩，和一個穿著日本浴衣的女孩。

「Totay、Totay，ramat su～（想念你啊！）」其中一個穿著日本浴衣的女孩先跑過來拉著Totay的手，對他笑著。

「啊，Ciwas、Yabung、Lawa，lokha su？」Totay用泰雅族語問候這三個女孩。

兩年前的夏天，曾經擔任鹿野忠雄博士助理的Totay，陪同一群日本人去攀爬南湖大山，當時他們就在Pyanan住過三天。三個女孩，開始打量慢慢從後面走上來的一群陌生人。接著，部落裡的狗開始此起彼落地叫著。

「沃、沃、沃……」

「沃沃沃、沃沃沃……」

大島一行人一走進部落，就看見許多剛從山上耕作回來的婦女，每一個人背後背著用黃藤編製的藤簍（kiri），有的裝滿了剛挖出來的番薯、有的裝剛採收的芋頭和芋頭莖。Pyanan駐在所的立石巡查部長走出門口，迎接這一群遠從日本和台北來的朋友。

「歡迎、歡迎，大島先生……」立石部長邀請大家進入駐在所休息。駐在所是一棟木造的平房，坐落在可以俯瞰整個Pyanan部落的緩坡上。從正門進去，有一個警官的辦公室。駐在所後方，則是立石巡查部長和他家人的宿舍。他們從宿舍的院子繞到後院，進入角落的一間獨立客房。這一間客房有八個榻榻米大小，而客房一角墊高的位置，擺設了一對雄偉的水鹿角，鹿角上還托著一把日本軍刀。

當他們吃晚餐的時候，部落的年輕男女、小孩紛紛從宿舍的窗外，好奇地看著這一群從外地來的人。

「Totay，那個年輕的日本人，好帥喔。你等一下帶他來我家聊天啊！」

「Totay，那一個背攝影機的日本人也很帥，等一下也叫他來！」

兩個泰雅族的女孩，被立石巡查的妻子找來幫忙料理、

做菜。這一天晚上他們吃的「壽喜燒」，就是Ciwas和Yabung幫忙準備的。她們忙完之後，從廚房走到客房的窗戶外，面向Totay傳話，但全屋子裡的人都聽到了她們在向大島舜和朝日新聞社的林田重男傳情。

「舜將，你等一下跟阿美將、林田桑，一起去跟部落的年輕人聊天吧！看看你們喜歡哪一個泰雅族的女孩，就把她們娶回東京。哈哈哈……來，大家多喝一點，這樣晚上才會睡得香甜！」立石部長舉起清酒土瓶，一一為遠道而來的客人倒酒。

「沒有想到南國的台灣，像Pyanan這樣的深山部落，在夏天的夜晚，還這麼涼爽。」大島正滿說。

「是啊！我記得前年，阿美將陪同一位神戶商科大學的助理教授田中薰先生來到Pyanan，他就說，『像這樣氣候涼爽、風景宜人的地方，全日本山地只有神戶市背後的六甲山上、富士山麓的御殿場，或位於長野縣的輕井澤高原等避暑聖地可以比擬了』，一聽完，我就稍微感到安慰地想說，我和家人被派駐到台灣的深山來，每天真的忙得不得了。我的妻子，白天要教部落的婦女縫紉、烹飪、日本禮節。我呢，除了維護治安，平常還要指導番社的衛生、到番童教育所教書……有時候，才剛剛訓誡番人別用私藏的槍械去打獵，下一刻又要扮演慈祥的音樂老師，教導番童唱日本童謠。真

的⋯⋯好累喔！倒不如像之前跟著部隊去討伐征戰，那樣反而比較不累！」

Pyanan的夜晚，跟白天的雞犬相聞完全不同。從濁水溪（蘭陽溪）出海口的方向開始吹來一陣、一陣的暖風，月光從緩緩飄動的浮雲中若隱若現。

吃完晚餐，大島舜和朝日新聞社的林田跟著Totay（斗帶），到剛剛在窗外叫他們的其中一個女孩Ciwas的家裡，參加泰雅族年輕人的聚會。他們走進一棟用赤陽木堆砌成牆的小屋，而小屋裡已經有六、七位泰雅年輕人，圍坐在松脂點燃的小火堆前談笑。當他們看到Totay和兩個日本年輕人走進來，就突然安靜下來。

「你們這些男生不要亂來喔，等一下給我安靜一點！」Ciwas像是這一群年輕人中的首領，她先用泰雅族話告誡其他男生。

「晚安，歡迎你們來Pyanan⋯⋯」她說。

「大家晚安⋯⋯」大島舜有點局促不安地向大家點頭打招呼。他看著漆黑的小屋裡，六、七張閃著油亮臉孔的泰雅族青年。他注意到剛剛站在窗外的另一個女孩Yabung，已經換上一件用鮮紅毛線夾織的泰雅族披肩（tzyu'），坐在Ciwas旁邊對著他笑。

「舜將，你來，坐在Ciwas的旁邊！」Totay把大島舜拉

到Ciwas旁邊的一張原木椅上。

「不要、不要，舜將要坐在Yabung旁邊！」Ciwas又把自己的位置讓開，伸手拉大島舜的手，把他推到Yabung旁邊。

「哈哈哈……還有一個，那個背照相機的男生，也把他拉過來我旁邊坐啊！」Lawa說。

「還有……那個阿美族男生……叫他坐到我旁邊，哈哈……」屋子裡另外兩個女生也跟著起鬨，用泰雅族語叫Ciwas把另外兩個男生拉到她們的旁邊坐。屋子裡的泰雅男生看著女生們把客人拉來拉去，一開始覺得好笑，但是久了，又覺得像是受到冷落。

但實際上，整晚的聚會高潮，也不過就是他們剛走進門的那一陣簡單曖昧的拉拉扯扯。除此之外就是Ciwas帶著其他女孩唱泰雅歌謠，Totay用他從山下帶來的口琴吹奏阿美族的歌謠，並教大家唱「ohay i～yang、ohay i～yang……」的阿美族情歌。正當大家互相擠來擠去、打情罵俏時，突然，一個叫Watan的男孩開始大聲叫囂。

「你說什麼？三年前那一隻水鹿，明明是我父親和叔叔從南湖大山獵到的，怎麼會是你叔叔獵到的？胡扯……」

「我怎麼會胡扯？那個雄鹿角，是我父親和叔叔送給立石部長的……」另一位叫做Takun的年輕人也不甘示弱。

「你是說真的嗎？要不要我們現在就出去打一架，你才

知道我的厲害！」Watan說。

　　「哎哎，你們兩個，不會不好意思嗎？有客人在，還大聲吵架，很丟臉！」不知道從哪裡冒出來的老人？事實上，整個晚上在更深的牆角邊的竹床上，還有另外兩個大人，默默地坐在那裡，冷眼看著年輕人的一舉一動。其中一個，是Ciwas的母親。她像其他大人一樣，看著行為愈來愈開放的年輕人，只能保持沉默，眼睜睜看著屬於他們的世代，緩緩跟著濁水溪流向大海了。現在，隨之而來的，是爭也爭不過的日本人的大砲和機關槍。

　　「咚咚、咚咚、咚咚……」遠處傳來幾聲清脆斷續的聲音。「那是什麼聲音？」朝日新聞社的林田以記者的敏銳詢問Totay。

　　「喔，那是泰雅族的婦女正在織布，就像……喔，Yabung身上披的這一件紅色tzyu'，就是用那個織布機織出來的喔！」

　　「啊？太厲害了，泰雅族的手工藝真美，明天可以去拍攝她們織布嗎？」

　　「可以、可以，我請Yabung帶你去她家拍攝她媽媽織布。Yabung的媽媽是Pyanan最厲害的織布師傅。聽說，她的娘家是從桃園Gogan（大嵙崁）搬到山下的Talah（崙埤），而且桃園的泰雅織布也很有名，他們的織布顏色更鮮豔。」

「啊，對，前幾天，小火車經過Talah（崙埤）對面時，我有聽大島博士簡單介紹那一個部落的歷史。」

「不過，林田先生要小心喔，Yabung的媽媽也是很厲害的phuni（巫師）喔……」

「Totay，你不要亂講！」Yabung瞪了一眼Totay。

「我沒有亂講啊！妳看，我兩年前來這裡，到現在都忘不了妳。妳一定有用phuni……」

「哈哈哈……你亂講，phuni很早就已經被趕出Pyanan部落了啦！」

屋子外面，開始聚集一群好奇的孩子從門口張望。另一邊，吃完晚餐的大島正滿、總督府中央研究院的中村技師，和幾位陪同來做研究的同伴也走出駐在所的宿舍，在屋外散步。不管他們走到哪裡，小孩們就嘻嘻地緊跟在旁邊傻笑。當他們走回宿舍，小孩也跟在後面。甚至連大島正滿進到宿舍後方的浴室洗澡時，都可以聽到、看到小孩們的笑聲，和幾雙明亮的黑眼珠在浴室牆版的裂縫中，好奇地探索著他的一舉一動。

他們一行人在Pyanan駐在所住宿一夜，隔天一早就不繼續逗留。雖然立石部長極力挽留他們，但是大島正滿心繫的「鱒魚」就在遠處Pyanan鞍部的溪裡，呼喚著他來揭曉謎題。當他們走過Ciwas家前面，看到Ciwas和Yabung等在門

口，原來，她們原本以為這一行人正要去Yabung家拍攝泰雅族的織布。

「Ciwas、Yabung，我們要出發前往Slamaw（薩拉茂）了，只好下一次再來看妳們了！」Totay有些依依不捨。

「你們下山時，還會經過這裡嗎？我等你們回來！」Ciwas帶著失望的表情。

「聽說，會從Mlipa（馬力巴）那邊下山了。Ciwas、Yabung，妳們要多保重啊，再見了！」

「Totay，再見了！」Ciwas說的時候，眼睛泛著淚光。

「啊，等一下！」大島舜像是突然想起什麼事，「林田先生，可以幫我和Yabung拍一張合照嗎？」

「沒有問題，我看，她好像已經愛上你囉！」林田先生舉起相機，要大島舜走到Yabung身邊。

「我昨天有答應她，要幫她照一張相片寄給她。她真的很漂亮，有一股特別的氣質……只可惜，她們都沒有穿鞋子。有的女孩，甚至腳趾頭縫裡還夾著石塊。但是，Yabung是我看過最漂亮的一個。」

「哈哈……舜將，你可能沒有辦法把她一起帶走，因為這一趟，你要幫你父親背一堆台灣高山上的鱒魚標本回日本。」總督府的研究員中村看著大島舜說。

拍完照片之後，他們就在Ciwas和Yabung失望的揮手道別

聲中，繼續沿著Pyanan越嶺道路前進。大島正滿一路看著左前方乍隱乍現的南湖大山身影，一直到走進一處昏暗的闊葉密林。他們一行人喘著氣，不斷揮汗、驅趕密林裡的擾人的蚊蟲，最後終於抵達Pyanan鞍部。

大島正滿一行人才一路進中央山脈西側的土地，哇，突然眼前的景觀產生急劇變化，一望無際的翠綠高原，緩緩起伏。他心裡想：「若是能夠把牛羊牧放在這兒，一定很好玩吧。或者，冬天從積雪坡滑下去，應該更寫意吧。」想著，想著，他們就走到了Pyanan鞍部駐在所前方。大島正滿用手撥開高大的芒草探視時，從花蓮來的阿美族嚮導Totay在他耳邊說：「這就是台灣最大激流，大甲溪的源頭。」

大島一聽已經來到大甲溪源頭，便急著問駐在所的岸良巡查：「這裡附近有高山鱒嗎？」

「有啊，很多呢。都在下游那裡，我早上已經架設魚筌了，我們現在可以過去看看。」

大島一走到溪邊，就取出一根溫度計放進水裡。

「14.9度！」他測得了水溫，感覺這是適合鱒魚棲息的溫度。

岸良巡查脫下鞋子，捲起褲管，走進河中央伸手撈起Nowa早上架設好的sguyu（魚筌）。才一離開水面瞬間，sguyu底部傳來叭噠、叭噠的聲音。大島緊張地走過去，把魚

筌接過來，然後手伸進sguyu⋯⋯

「太意外了，太意外了，是yamame！yamame！（日本櫻鮭，山女魚）」

在他還沒有到親自到Slamaw（薩拉茂，梨山）調查以前，他抱著半信半疑的態度，一再地向看過這種魚的人詢問：「魚身兩側有沒有紅點？」曾經捕撈過，也吃過這種魚的自然科學者們，都齊口說：「有，有漂亮的紅點。一定是amago（小鱒魚）沒有錯！」

然而，在當時，他似乎聽到耳旁有人悄悄對他說：「不是！」

到了深夜，一陣突然來襲的颱風，阻止了他們繼續往Sqoyaw（志佳陽）前進的計畫。一直到第三天一早，趁著風雨歇息，他們再度上路，目標是海拔1,751公尺高的平岩山駐在所。當他們路經有勝駐在所時，看到了後院種植的水蜜桃樹上紅熟的纍纍果實。駐在所的警察說：「深秋以後在下游長得肥大的鱒魚，已變成尺餘長的成熟魚，牠們為了產卵就會開始從大甲溪的下游逆流而上。」

從Pyanan鞍部到有勝駐在所，大島正滿總共採集了六隻鱒魚標本，然後再繼續往七家灣溪行進。當他們抵達七家灣溪時，阿美族嚮導Totay找到正在田裡工作的Nowa，請他一起協助大島進行調查。Nowa先帶著大島觀察附近形成大甲溪的

各支流源頭，接著又帶他們來到七家灣溪邊。

　　Nowa背著父親傳承給他的弓箭，和大島一起站在溪邊探視著。一等到黑褐色的成魚閃出魚背的影子，站在岩石上的Nowa，立即舉起弓箭，拉滿弓，射出一隻箭。「咻」一聲，只見抱卵的成魚腹部被射中，然後隨著溪水往下漂流。朝日新聞社的攝影師，全程記錄了Nowa百發百中的神乎其技。這些純粹為了拍攝記錄片而表演的捕撈模式，還包括阿美族的高山嚮導Totay，用他從花蓮帶來的八卦漁網捕魚。不過，因為湍急的溪水很快就衝散了攤開的網口，所以還是Nowa用弓箭射的魚比較多，也比較大。等採集的樣本達到研究的需求數量，大島正滿就蹲在溪邊，取出口袋裡的parker "51" 鋼筆，準備做詳細的紀錄。

　　「咦？我也有一支跟大島先生一模一樣的鋼筆喔！」Nowa放下手上的弓箭，蹲下身去，從他最喜愛的帆布背包裡，拿出一個綠色絨布的鋼筆盒。他因為有點興奮，一時站不穩，手上的盒子因此掉落到岩石上。從盒子裡迸出了一支黑色的parker "51" 鋼筆，而鬆脫的筆盒底座彈出一張對折的5寸黑白照片。

　　「啊？這是什麼？」Nowa先撿起對折的照片，掉到大島正滿博士旁邊的parker "51" 鋼筆，正好被旁邊的兒子大島舜撿起來。

「咦？這一支鋼筆真的跟父親手上的鋼筆一模一樣！」大島舜起身把鋼筆還給Nowa。

「這一支鋼筆，是我母親送我的結婚禮物，事實上……是從未見過面的日本父親送的禮物……我聽我的養母說，我的親生父親是一位日本人……」Nowa邊說，邊打開剛剛撿起來的對折照片，他看到照片裡年輕的母親Mewas站在一位中年的日本人後面，兩人都微微皺眉。

Nowa整個人呆住了。

「春已歸去，櫻花梭巡而開遲。」（照片上寫了兩行日文俳句）

「啊？這兩行字是……？」Nowa起初有點猶豫，原本不想談自己的身世。但他又想趁著難得的機會，解開困惑自己多年的身世之謎。照片裡的Mewas，跟參加他婚禮時的表情一樣憂鬱。他伸手把照片交給年紀跟他一樣大的大島舜。

「『春已歸去，櫻花梭巡而開遲』……」大島舜輕聲唸了一遍，然後把照片交給父親大島正滿。

「這是與謝蕪村的俳句！應該是當時寫下這兩行俳句的人的心境……」大島正滿放下手上的parker "51" 鋼筆。一接過照片，就先看照片的手抄筆跡，那是著名俳句詩人與謝蕪村（1716～1783）的俳句。而照片上的手抄筆跡旁坐著一個日本人。

「它的意思是……春天已經離開了，而櫻花卻還是來回穿梭，遲遲不願意開花。」大島正滿看著照片裡，他十多年前在總督府的同事Noro主任，接著他再看Nowa一眼，思緒回溯到了1908年。

那一年，大島正滿因為研究方法嚴謹，提出了有效防治白蟻的方式，還在東京大學就學的最後一個學期，他就收到了任職台灣總督府土木局局長的叔父長尾半平的邀請，希望他一從東京大學畢業，就以調查員的身分到台灣研究白蟻。

同一年的11月24日，台灣總督府剛剛核准一項以新高山（玉山）為中心的全面測量計畫。警察本署派遣主任測量技師Noro，以及在署內擔任囑託的志田與森丑之助，前往「南中央山脈」探險。

〈Noro 1908〉

本次我們攀登新高山（玉山），是以新高山地區的地形測量為目的。新高山是不是隸屬中央山脈？這個問題迄今仍是一個懸案。到底山脈的脈絡是怎樣的？溪流的流向又是怎樣的情形？這些地理上的關鍵問題，迄今沒有人做出明確的研究結論。

……新高山（玉山）不但是台灣最高峰，也是全日本最高的山。前年臨時土地調查局來測量過，

測得海拔為13,020尺,聖上陛下(明治天皇)遂賜予「新高山」的名稱。這座靈山頂端,至今還沒建立標示物,令人遺憾,所以趁這次登頂的機會,另要設置一座神祠。

大島正滿記得Noro主任一行人出發前,森(森丑之助)囑託就發起蓋神祠行動,而他自己也從第一次領到的薪俸中,捐助一些錢給森囑託。後來森囑託從台北訂製一個檜木小神祠,木質外表用赤銅薄片包覆,神祠裡面放著台灣神社住持山口官司祈祝過的神符。

〈Noro 1908〉

……森囑託一路從台北把這一座小神祠背上新高山(玉山)的山頂,選定山頂稍微平坦的位置安奉。我們將帶來的神酒和鰹魚等供物擺在祠前,整隊向神前叩頭,請山神加護登山者。

小祠下端有一個抽屜,裡面安放著筆墨、三顆印章和印泥,方便以後登頂者蓋章留念。我們登頂者的名片也放在抽屜裡。三個印章中,方形的只有一個,刻著「新高山」三個字;圓形的則有兩個,其中一個上刻「萬歲」兩個字,另一個上刻「登山

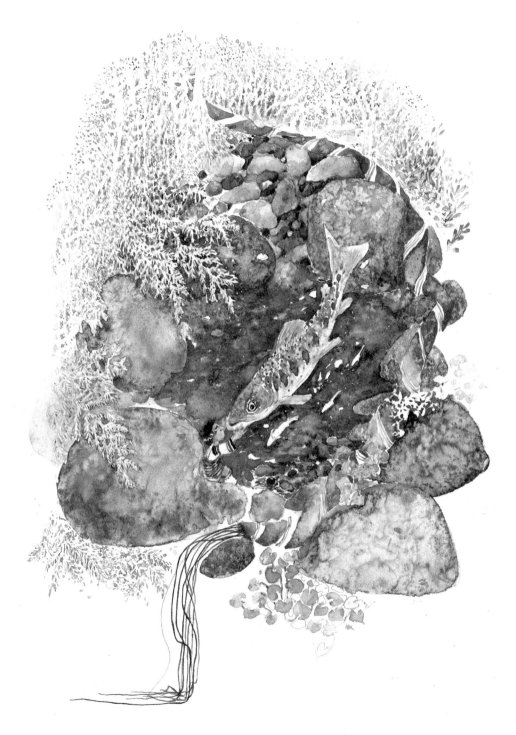

紀念、新高山、明治　年　月」。

　　　我們從山頂遙向東北方舉手齊呼「聖上陛下萬
歲」三次、「日本帝國萬歲」三次。

　　21天之後，Noro主任因為有要務，從新高山急速返回台
北總督府。當時是1908年12月15日。Noro後來在隔年公布新
高山的高度為13,075尺（約3961.7公尺）；1925年又重新確認
為13,035尺（約3,949.95公尺）。

　　大島正滿記得那一年的年終舉行了忘年會，台灣總督佐
久間左馬太，分別送給剛剛到任的他和已經順利完成新高山
測量任務的Noro主任各一支「parker "51"」鋼筆做為紀念。
經過了二十多年，兩支「parker "51"」竟然因為另一個新的
調查任務，在台灣的七家灣溪再度重逢了。

　　大島正滿把照片還給Nowa，他什麼都不說，繼續拿起自
己的parker "51" 鋼筆做紀錄。大家又回到了沉默的狀態，只
剩下七家灣溪的潺潺聲響。

　　大島舜仔細地把Nowa射到的鱒魚一一丈量，然後辨識魚
的外觀、性別，把這些資料轉述給父親抄錄下來。大島正滿
一面抄寫、一面想起正臥病在床的父親大島正健。

　　就在他們準備出發到台灣進行調查的前一個月，大島
正滿的父親在東京文理大學，進行最後一篇論文的發表會，

而他回到家中的第二天就中風了。從小，大島正滿一直受到父親一句話的影響。那是他父親在北海道農業學校（北海道大學前身）擔任第一屆學生時，副校長威廉・史密斯・克拉克（William Smith Clark）常常說的一句話：「Boys，be ambitious！」（孩子們，要有野心！）

他的父親大島正健甚至在克拉克博士退休時，為克拉克副校長寫了一首漢詩：

懷念克拉克先生──
青年奮起立功名
馬上遺言籠熱誠
別路春寒島松駅
一鞭直蹴雪泥行

大島正滿一行人在Sqoyaw（志佳陽）停留了四天之後，就轉往台中的Slamaw（薩拉茂）和南投霧社一帶繼續進行調查，7月底從基隆港乘船返回日本。

後來，經過統計，他們在七家灣溪透過泰雅族青年Nowa Nokan的協助，包括Pyanan（比亞南）駐在所的溪邊放置的魚筌所捕獲的鱒魚，一共採集到一年雄鱒14尾、雌鱒8尾，二年雄鱒9尾、雌鱒5尾。

從台灣回到日本的人島正滿，白天除了教書，也在研究室裡撰寫「台灣鱒魚」的研究論文。晚上回到家，就持續不斷在父親大島正健的病榻前，聽著中風的父親口述，在北海道農業學校與克拉克副校長之間的回憶與趣事。

　　1935年，大島正滿首先完成了一本《泰雅在招手》的調查紀行，這也是唯一一本見證了從日治時期到現在，泰雅族人與櫻花鉤吻鮭在面對歷史與生態環境的變遷下，仍不斷奮力洄游向上，找尋生命出口的軌跡。

　　而在大島正滿博士的心中，也永久保護著一個祕密——當時他在七家灣溪看到Noro親筆寫下詩人與謝蕪村的俳句，就了然於他正如詩人「反對耽於私情、沾染庸俗風氣的俳諧」的為人作風，終究寧願離俗「回到芭蕉去」（俳聖，松尾芭蕉的詩風），也不願再回顧自己所犯下的錯誤。就在Nowa Nokan結婚那一年，Noro病逝於日本東京的家中，沒有留下任何遺言。

　　1936年，大島正滿提出一份生態學報告，建議台灣總督府指定「薩拉茂鱒」為天然紀念物，給予永久保護。1938年，台灣總督府正式出版《台灣總督府天然紀念物調查報告》。

　　1938年，大島正滿的父親病逝於家中，他在舉辦完父親大島正健的告別式之後，提筆寫信給在七家灣溪遇到的泰雅

族青年Nowa Nokan，同時附上他們在Sqoyaw（志佳陽）調查期間所拍下的一些照片。

　　1985年，在日本的渡邊正雄教授與台灣的農委會林業試驗所林淵霖研究員共同研究之下，其從形質上分析的結果，認定台灣櫻鮭和日本櫻鮭是兩個不同的亞種，因而重新定名為*Oncorhynchus masou formosanus*，中文名稱是「台灣櫻花鉤吻鮭」。

　　至於，大島正滿提筆寫給Nowa Nokan的信，除了感謝，什麼都沒有說。他闔上parker "51"的鋼筆蓋，想到了父親大島正健彌留之際所說的話：

　　「讚美祂！」（註1）

註1：「詩篇」第150篇，是舊約聖經哈利路亞詩集的最終一篇。全詩共有6節，都帶著「讚美」2字。根據古代傳說，當猶太人在奉獻初熟的農作物時，他們就會唱這首詩。「詩篇」是一篇帶有預言性質的詩，它指出世上的「哭泣、嘆息、患難、憂愁、痛苦、疾病、死亡……」都要過去，到了有一天，大小樂器和鳴、萬有歌頌，凡有氣息的都要「讚美祂」。

〔 銘謝誌 〕

m'hway simu balay

馬紹・阿紀

      1999 年，晨星出版發行我的第一本散文集《泰雅人的七家灣溪》，相隔 18 年，和大島正滿博士一樣，從 1917~1935，睽違了 18 年，他終於登上位在北台灣中央山脈的比亞南、思源埡口、七家灣溪、志佳陽、薩拉茂……這些我們或熟悉、或陌生的泰雅族部落做櫻花鉤吻鮭的研究調查。

      但自冰河時期至今，你我已熟知的台灣國寶魚櫻花鉤吻鮭（Mnbang）就一直孑遺在這些深山裡生生不息，尋找生命的出口。

      完成這一本個人文學創作的第二部曲，只想要說：「m'hway simu balay！謝謝大家。」首先感謝主，還有 18 年前，我在環山部落遇到的泰雅族耆老 Yubaw Konan（他現在已經在天堂了），因為沒有他，我就不會洄游到志佳陽部落（環山），尋找屬於我的泰雅族生命記憶。

在這裡列名感謝所有給予支持與協助我完成這一本小說的 Tayal（人）balay（真正的）：

1 我的家人：田花花、林金玉和大家

2 美丘美尤：謝俊銘、鍾金玉

3 插畫家：詹雁子（她是小說裡被 5 分鐘丟包的本尊！）

4 探索廣告公司：陳建興、蔣明朱

5 台中市和平區環山部落（志佳陽）

（Yubaw Konan）Hayung Yubaw 王榮居牧師夫婦、Sayun Simung

6 宜蘭縣大同鄉南山部落（比亞南）

南山天主堂楊家門神父（免費提供我在教堂打地鋪一個多月）、高旺盛（安捏都對啦）、簡春梅（里慕伊）、高婉茹、陳漢民、李秋子、高逸凡、高日昌、聶曼・比令、張金德（哈路松）、巴萬英傑、張美瑤、顏秀婷、李志明

7 宜蘭縣史館：廖英杰館長、李素月研究助理

2015 年暑假，我在宜蘭南山部落閉關寫作。當兵同梯哈路松砍完高麗菜想下山慶功吃火鍋，他請堂哥高日昌先載我到宜蘭縣史館找文獻資料。一早 7 點 50 分尚未開館，但是館內志工非常熱誠請我入館、查詢資料。我才放下背包，坐在舒適的大書桌前上臉書打卡，一位研究助理李素月就提著一套剛出版的《台北州理蕃誌・舊宜蘭廳》（共四卷）讓我參考。

後來，當她看到我的打卡，得知我正在進行原住民文學小說創作，又跑過來說：「廖英杰館長說，這一套書要送給你！」（感謝泰雅祖靈，我一早如獲至寶，完全騰出一天和高日昌大哥、哈路松到宜蘭吃火鍋、礁溪泡溫泉。在此，一定要推薦宜蘭，尤其是宜蘭縣史館，真是一個閉關寫作的天堂！）

8 雪霸國家公園武陵管理站：廖林彥主任

於 2010 年獲「頒第 48 屆十大傑出青年獎」，執行國寶魚台灣櫻花鉤吻鮭就地保育和移地保育工作至今已超過 18 年以上，解除櫻花鉤吻鮭瀕臨滅絕的危機。目前，持續與宜蘭縣大同鄉南山社區發展協會於羅葉尾溪合作推動櫻花鉤吻鮭復育工作。

9 北海道：白老愛努民族博物館館長野本正博、函館親善台灣原住民族友好會黑島宇吉郎、函館中央教會二宮一朗牧師、札幌大學副校長本田優子博士、札幌大學愛努民族學生社團 urespa club

10 世新大學：拿珊瑪谷、原住民族學生資源中心、原住民族文化傳播暨發展中心

11 國家文化藝術基金會：王慈憶

如果，台灣的文學創作領域有一個非常重要角色——催狂魔，就是慈憶。因為沒有她溫柔而堅定地把我「催」到台大精神科大樓地下室趕寫結案報告（實際是為了撰寫 Linda 割腕被送到醫院那一幕，跑到了台大醫院急診室臨摹）可能不

會有這一本小說的誕生。慈憶是 Tayal balay！

　　12 原住民族文化事業基金會

　　13 晨星出版資深主編徐惠雅

　　惠雅一看到雁子的插畫就起雞皮疙瘩……決定出版了！啊？我的文章咧……反正你們都看完了。

　　謝謝幫我寫推薦序的孫大川副院長、巴代教官、里慕伊‧阿紀（我二姊）、野本正博館長，以及真心推薦這一本小說的「賽德克巴萊」電影導演魏德聖、美術指導邱若龍老師。

　　最後，這一本書，如果沒有登山家楊南郡老師（1931～2016）致力完成譯註日治時期人類學者所編著的史料，我將無法順利洄游到 1935（昭和 10 年），他是一位登山指路人，也是 Tayal balay！

參考文獻與書籍

1 森丑之助著，楊南郡譯註：《生蕃行腳：森丑之助的台灣探險》（台北：遠流，2012）。

2 楊南郡著：《台灣百年花火》（台北：玉山社，2002）。

3 移川子之藏著，楊南郡譯：《台灣百年曙光：學術開創時代調查實錄》（台北：南天書局，2005）。

4 伊能嘉矩著，楊南郡譯：《台灣踏查日記（上、下）：伊能嘉矩的台灣田野探勘》（台北：遠流，2012）。

5 鳥居龍藏著，楊南郡譯：《探險台灣：鳥居龍藏的台灣人類學之旅》（台北：遠流，2012）。

6 莊振榮、莊芳玲翻譯，李素月、陳文立、廖英杰編：《臺北州理蕃誌‧舊宜蘭廳》（宜蘭：宜蘭縣史館，台北：原住民族委員會，2014）。

台灣原住民062

記憶洄游——泰雅在呼喚1935

作　　　者	馬紹・阿紀
繪　　　圖	詹雁子
主　　　編	徐惠雅
校　　　對	馬紹・阿紀、徐惠雅、張慈婷
美 術 設 計	王志峯
封 面 設 計	探索廣告公司設計總監Sim

創 辦 人　陳銘民
發 行 所　晨星出版有限公司
　　　　　台中市407工業區30路1號
　　　　　TEL：04-23595820　FAX：04-23597123
　　　　　E-mail：service@morningstar.com.tw
　　　　　http://www.morningstar.com.tw
　　　　　行政院新聞局局版台業字第2500號
法 律 顧 問　陳思成律師
初　　　版　西元2016年 12 月20 日
劃 撥 帳 號　22326758（晨星出版有限公司）
讀 者 專 線　04-23595819#230

印　　　刷　上好印刷股份有限公司

定價 380 元
ISBN 978-986-443-203-5
Published by Morning Star Publishing Inc.
Printed in Taiwan

國家圖書館出版品預行編目資料

記憶洄游——泰雅在呼喚1935／馬紹・阿紀文／詹
　　雁子圖. 初版. -- 臺中市：晨星，2016.12
　　304面； 公分. --（台灣原住民；062）

　　ISBN　978-986-443-203-5（平裝）

863.857　　　　　　　　　　　　　105020071

◆ 讀 者 回 函 卡 ◆

以下資料或許太過繁瑣，但卻是我們了解您的唯一途徑
誠摯期待能與您在下一本書中相逢，讓我們一起從閱讀中尋找樂趣吧！

姓名：＿＿＿＿＿＿＿＿＿＿　性別：□ 男　□女　　生日：　　／　　／

教育程度：＿＿＿＿＿＿＿＿＿＿＿＿＿＿＿＿＿＿＿＿＿＿＿＿

職業：□ 學生　　　　□ 教師　　　　□ 內勤職員　□ 家庭主婦
　　　□ SOHO族　　　□ 企業主管　　□ 服務業　　　□ 製造業
　　　□ 醫藥護理　　　□ 軍警　　　　□ 資訊業　　　□ 銷售業務
　　　□ 其他＿＿＿＿＿＿＿＿＿＿＿＿＿＿＿＿＿＿＿＿

E-mail：＿＿＿＿＿＿＿＿＿＿＿＿＿　聯絡電話：＿＿＿＿＿＿＿＿＿

聯絡地址：□□□＿＿＿＿＿＿

購買書名：記憶迴游──泰雅在呼喚1935

・本書中最吸引您的是哪一篇文章或哪一段話呢？＿

・誘使您購買此書的原因？

□ 於 ＿＿＿＿書店尋找新知時　□ 看 ＿＿＿＿＿報時瞄到　□ 受海報或文案吸引

□ 翻閱 ＿＿＿＿ 雜誌時　□ 親朋好友拍胸脯保證　□ ＿＿＿＿電台DJ熱情推薦

□ 其他編輯萬萬想不到的過程：＿＿＿＿＿＿＿＿＿＿＿＿＿＿＿＿

・對於本書的評分？（請填代號：1. 很滿意 2. OK啦！ 3. 尚可 4. 需改進）

封面設計 ＿＿＿＿＿ 版面編排 ＿＿＿＿＿ 內容 ＿＿＿＿＿ 文／譯筆 ＿＿＿＿＿

・美好的事物、聲音或影像都很吸引人，但究竟是怎樣的書最能吸引您呢？

□ 價格殺紅眼的書　□ 內容符合需求　□ 贈品大碗又滿意　□ 我誓死效忠此作者

□ 晨星出版，必屬佳作！　□ 千里相逢，即是有緣　□ 其他原因，請務必告訴我們！

＿＿＿＿＿＿＿＿＿＿＿＿＿＿＿＿＿＿＿＿＿＿＿＿＿＿＿＿＿＿

・您與眾不同的閱讀品味，也請務必與我們分享：

□ 哲學　　　□ 心理學　　□ 宗教　　　□ 自然生態　□ 流行趨勢　□ 醫療保健

□ 財經企管　□ 史地　　　□ 傳記　　　□ 文學　　　□ 散文　　　□ 原住民

□ 小說　　　□ 親子叢書　□ 休閒旅遊　□ 其他＿＿＿＿＿＿＿＿＿＿＿＿

以上問題想必耗去您不少心力，為免這份心血白費

請務必將此回函郵寄回本社，或傳真至（04）2359-7123，感謝！
若行有餘力，也請不吝賜教，好讓我們可以出版更多更好的書！

・其他意見：

晨星出版有限公司 編輯群，感謝您！

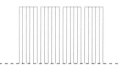
更方便的購書方式：

1 網站：http://www.morningstar.com.tw
2 郵政劃撥 帳號：22326758
　　　　　戶名：晨星出版有限公司
　 請於通信欄中註明欲購買之書名及數量
3 電話訂購：如為大量團購可直接撥客服專線洽詢

◎ 如需詳細書目可上網查詢或來電索取。
◎ 客服專線：04-23595819#230 傳真：04-23597123
◎ 客戶信箱：service@morningstar.com.tw